ANGÈLE

- ou

LA TOMBE DE GENTILLY,

Roman Historique,

PAR E. ARTHAUD,

Auteur de *Jules, ou le Fils Adultérin*, du *Cimetière d'Ivry,
ou le Cadavre*, etc.

1

PARIS,

A. ERNEST BOURDIN, LIBRAIRE-ÉDITEUR,

57-59, RUE QUINCAMPOIX.

1837.

ANGÈLE.

E. Dépée, Imprimeur, a Sceaux.

ANGÈLE

OU

LA TOMBE DE GENTILLY,

𝕽oman 𝕳istorique,

PAR E. ARTHAUD,

Auteur de *Jules, ou le Fils Adultérin*, du *Cimetière d'Ivry,
ou le Cadavre*, etc.

PARIS,

A. ERNEST BOURDIN, LIBRAIRE–ÉDITEUR,

57-59, RUE QUINCAMPOIX.

1837.

I

CHAPITRE PRÉLIMINAIRE.

1528 — 1587.

Le seizième siècle n'est pas l'époque de
notre histoire qui soit la moins fertile en
événemens remarquables de plus d'un
genre. L'historien impartial aura à rendre
compte et à transmettre à la postérité les

guerres intestines de ce temps, les efforts
que fesaient les vassaux pour secouer l'op-
pression honteuse de leurs suzerains; les
prétentions toujours croîssantes, de la noblesse et du clergé sur cette classe intéressante du peuple; et à demander compte,
enfin, à ceux qui de père en fils se trans-
mettent, de mâle en mâle et par ordre de
primogéniture, le droit de nous gouverner;
si nos biens, nos consciences et notre vie
même, sont également comprises dans cette
part d'héritage qu'ils se lèguent depuis plusieurs siècles.

Serait-ce que jamais la volonté nationale
ne sera écoutée! Serait-ce que pour toujours
et quel que soit le passé, il ne doive pas servir de leçon à l'avenir!

Espérons mieux, si ce n'est de la part des

gouvernans, du moins de celle des nations :
car elles sont toutes intéressées à se défendre contre l'astucieuse hypocrisie de certains prêtres, et le prétendu amour du bien
public qu'affectent sans cesse, et pour cause,
quelques-uns des hommes qui appartiennent à la classe nobiliaire.

Toutefois et avant de nous occuper de
Henri III, dernier prince de la branche des
Valois, sous le règne duquel on vit se per-
pétuer ces guerres intestines et de religion,
qui sont la honte des rois qui les tolèrent
et le malheur des peuples qui les soutiennent, nous devons à la vérité et à la noble
mission dont nous nous sommes volontaire-
ment chargé, de dire que la France n'a pas
eu de temps plus désastreux que celui où a
régné cette maison.

Elle s'abîma dans des guerres étrangères, et pour de prétendues successions de rois auxquelles les peuples devraient toujours rester étrangers. A ces luttes ridicules, en succédèrent de plus absurdes et de plus funestes; nous voulons dire les guerres de religion, qui tourmentent les mortels au nom d'un Dieu de paix et de miséricorde.

Ce fut durant la période de 1328 à 1589, c'est-à-dire dans un intervalle de deux siècles et demi que les princes de cette maison occupèrent le trône de France, qu'il se commit des crimes tellement atroces, tellement inouïs, que la postérité refusera d'y croire. Et cependant, c'était au nom des rois et pour des rois qu'ils se commettaient!!!...

On vit, et sous le règne de Philippe VI,

premier de la race des Valois, s'élever l'absurde prétention d'Edouard III, roi d'Angleterre, à la couronne de France, et par cela même, donner le signal de cette longue et malheureuse guerre entre l'Angleterre et la France, qui dura plus de cent ans, à différentes reprises.

Sous celui du roi Jean-le-Bon, qui commença son règne par faire trancher la tête, sans aucune forme de justice, au comte d'Eu, connétable, soupçonné d'intelligence avec le parti anglais; on vit se soulever, contre les nobles, une faction connue sous le nom de la Jacquerie, et ayant Marcel, prévôt des marchands, à sa tête. Cette faction, composée entièrement de paysans, était tellement fatiguée du joug que lui fesait subir la noblesse, qu'elle allait livrer

Paris aux Anglais, lorsque son chef, Marcel, fut assassiné par Jean Maillard, le 1er août 1358.

Sous Charles VI, l'Imbécille, devenu fou au moment où il se disposait à fondre sur l'Angleterre, les factions se multiplièrent sur tous les points de la France. Le duc de Bourgogne ayant fait assassiner le duc d'Orléans, frère du roi, les Français, divisés sous les noms d'Orléanais et de Bourguignons, s'égorgèrent d'un bout du royaume à l'autre. Les Anglais ne manquèrent pas de profiter de cette division; ils entrent en France, gagnent la trop fameuse bataille d'Azincourt, en 1415, et Henri V, roi d'Angleterre, déclaré régent par la faction de Bourgogne, entre à Paris, où il se maintient jusqu'à sa mort, en 1422. Heureusement pour la

France, Charles le suivit au tombeau quelques mois après.

C'est sous Charles VII que Jeanne d'Arc, dite la Pucelle d'Orléans, fit lever aux Anglais le siège de cette ville; que prise plus tard dans une sortie à Compiègne et sacrifiée par le prince ingrat qu'elle avait aidé de ses armes, il la laissa brûler comme sorcière par les ennemis que pour lui elle avait battus. Ce prince, se laissa mourir de faim en 1461, dans la crainte d'être empoisonné par son fils.

C'est encore à cette même époque, que le plus cruel et le plus dissimulé de tous les hommes, Louis XI, fit son avènement au trône de France. Sous son règne, plus de 4,000 personnes périrent de la main du bourreau, sans compter celles qu'il fit empoisonner ou assassiner en secret. On assure qu'il était présent derrière une jalousie, lorsqu'on appliquait à la question les victimes de sa férocité. Louis XI n'était ami des gens du moyen état, qu'en haine particulière des grands qui lui portaient ombrage ; il voulait devenir absolu : il affectait la popularité.

Les entreprises de Louis, contre les premières têtes du royaume, donnèrent lieu à la ligue que l'on vit se former sous le nom de LIGUE DU BIEN PUBLIC. Le roi qui ne put en triompher par les armes, vint à bout de la détruire à force d'intrigues, de bassesses et de trahisons. Il ne se montra ni plus brave, ni moins fourbe, dans la guerre qu'il eût à soutenir contre l'Angleterre, et qu'il termina en achetant la paix, en 1475, au prix d'une rente de 50,000 écus d'or, qu'il fit à son ennemi victorieux.

Ce tyran prétendait que la France *était un pré qu'il pouvait faucher tous les ans et d'aussi près qu'il lui plairait.* La dernière postérité se souviendra avec horreur qu'il fit placer sous l'échafaud où il fit périr le duc de Nemours, les enfans de ce prince, afin qu'ils fussent arrosés du sang de leur père. Ce monstre mourut, couvert de reliques et d'images, le 30 août 1483.

Le règne de François Ier vit naître le schisme de Calvin, source de guerres civiles qui déchirèrent la France pendant deux cents ans.

Deux ans après l'avènement de Henri II, en 1549, ce prince fit rendre un arrêt qui

fixait les bornes de la ville de Paris, parce
que les impôts étaient devenus si lourds,
que tous les gens de la campagne venaient
se réfugier dans la capitale, pour ne les
point payer. L'esprit de fanatisme, dont la
mémoire de ce prince n'est pas exempte, se
retrouve dans les ordonnances atroces contre les protestans qu'il rendit dans les der-
nières années de son règne.

En 1559, François II monta sur le trône.
Ce règne d'un an vit éclore les semences
des guerres de religion qui dévastèrent la
France pendant un siècle et demi. La maison de Guise, puissante par ses services,
par l'autorité que le roi lui avait confiée,
avait en quelque sorte envahi le pouvoir suprême. Le premier de Condé se fit chef du
parti protestant, et s'attacha le célèbre Coli-

gny et tous les partisans déclarés du calvinisme.

Les cruautés impolitiques qu'on exerçait
contre cette secte naissante, donnèrent lieu
à la fameuse conjuration d'Amboise, exé-
cutée par La Renaudie, et dirigée secrète-
ment par le prince de Condé. Le but était
d'arracher un édit pour la liberté de conscience et de remettre au prince de Condé
toute l'autorité dont jouissait le duc de
Guise. Le secret de la conjuration fut trahi,
La Renaudie périt les armes à la main, et
le prince de Condé, accusé sur des soupçons,
se justifia en plein Conseil.

Cet événement sembla pour un moment
rapprocher les partis. Le vertueux chance-
lier de L'hôpital obtint même qu'on modé-
rât les édits contre les Calvinistes; mais cet

espoir de paix ne tarda pas à s'évanouir. Les états du royaume furent convoqués à Orléans. Le prince de Condé qui s'y rendait fut arrêté de nouveau, accusé de conspiration et condamné à perdre la tête. La mort du roi arrivée sur ces entrefaites, lui sauva la vie.

Une année après l'avènement de François II, c'est-à-dire en 1560, Charles IX, d'exécrable mémoire, parvint au trône qu'il devait souiller du sang de ses meilleurs sujets.

Prononcer le nom de ce roi, c'est rappeler une des époques les plus funestes de notre histoire. Fils de Henri II, il monta sur le trône à l'âge de dix ans, et fit l'apprentissage de tous les crimes, sous la régence de sa mère, Catherine de Médicis. Cette femme artificieuse et cruelle fomenta de nouvelles

divisions entre les catholiques et les protestans; les deux partis soutenus chacun par
des troupes étrangères se livrèrent bataille
à Dreux, en 1563. Les protestans y furent
défaits et les généraux des deux armées, le
prince de Condé et le connétable Montmorency, furent faits prisonniers. A la suite de
cette bataille, le duc de Guise entreprend
le siège d'Orléans et est assassiné par un
protestant nommé Poltrot.

Après deux ans de paix, les guerres civiles recommencent avec plus de fureur. Le
connétable Montmorency attaque le prince
de Condé et gagne sur lui la bataille de
Saint-Denis, en 1567. Cette victoire coûta
la vie au connétable. Deux ans après, les protestans furent encore défaits à Jarnac, et le

prince de Condé qui les commandait fut assassiné par Montesquiou, après avoir rendu les armes.

Le massacre de la Saint-Barthélemy, ordonné par le roi et dirigé par sa mère, mit le comble à tant d'horreurs. On sait qu'il coûta la vie à 60 mille protestans français, lâchement égorgés par leurs compatriotes. Durant cette journée, à jamais mémorable dans les fastes de l'histoire de nos rois, Charles IX, des croisées de son château, s'amusait à tirer sur le peuple inoffensif. Cette épouvantable boucherie commença dans la nuit du 23 au 24 août 1572.

Charles IX mourut deux ans après, laissant une mémoire exécrable, dont le temps   ne   fait   qu'accroître   l'horreur *.

* Pour prouver la cruauté et l'extravagance des courtisans du temps de Charles IX , M. de M*** , écrivain célèbre, rapporte ce qui suit : Le maréchal Strozzi crut faire
une œuvre méritoire en faisant noyer, un jeudi saint, huit
cents filles publiques dans la Seine. S'il préféra les noyer à
les faire pendre, ce n'est point par un raffinement de cruauté , c'est que c'était plus prompt , et que ce supplice était
en usage. On condamnait indifféremment à être pendu ou
noyé. D'Épernon trouvait un aiguillon de volupté dans le
sang des jeunes enfans. Le connétable de Montmorency,
le chapelet en main, disait froidement : *Pendez celui-ci,
noyez celui-là.* On se souvient des exécutions sanglantes
qu'il ordonna contre les Bordelais, qui refusaient la ga-
belle. Tavannes sautait par gentillesse d'un toit à l'autre,
le long de la rue Saint-Germain-l'Auxerrois. Nemours
descendait au grand galop , les escaliers de la Sainte-Cha-
pelle. Montluc , maréchal de France , s'honorait du titre
de *bourreau royal.* Le duc de Montpensier outrageait
dans son gouvernement la pudeur et la religion ; son
guidon déshonorait les femmes , un cordelier confessait
les hommes ; l'exécuteur les pendait , sans autre forme de
procès. Des Adrets faisait précipiter les prisonniers du
haut d'une tour. Le prince de Condé ne rougissait pas de
faire passer en proverbe : *Défiez-vous des gentillesses
du petit homme.* Le Pape ordonna une procession so-
lennelle , en action de grâce de l'heureuse journée de la
Saint-Barthélemy. A cette nouvelle , Bressaut de la Rou-
vraye, gentilhomme Angevin et Huguenot , jura de châ-
trer tous les moines qui tomberaient entre ses mains. Il
n'eut point de honte de se rendre fameux, en portant un

Enfin, en 1574, Henri III, déjà roi de Pologne par élection des ordres de cette nation, et dernier prince de cette maison de Valois, si funeste à la nation française, vint occuper le trône de France, après la mort de Charles IX, dont il était le frère. La réputation brillante qu'il avait acquise, n'étant que duc d'Anjou, ne servit qu'à mettre dans un jour plus odieux les vices dont il se souilla quand il fut roi.

La Saint-Barthélemy, au lieu de détruire le calvinisme, avait accru sa puissance et donné naissance *à la ligue*. (Confédération monstrueuse de tous les crimes, sous le voile de la religion). Le roi sur le point d'en être accablé lui-même, avait autorisé cette

large baudrier, qu'il avait fait de ces ridicules et non moins terribles mutilations. (*Dictionnaire amusant et instructif*, etc. par F. P. A. Maugenet : t. Ier. pages 251, 252 et 253, chez *Barba*, libraire, 1809.)

faction catholique, dont Henri de Guise était le chef et l'idole. La guerre civile fut le fruit de cette lâche politique.

II

1588.

Angèle et Ferdinand.

Le règne de Henri III fut celui des fa-
voris et des courtisans, qui commencèrent
à exploiter le pouvoir des rois. Ce fut à cette
époque, c'est-à-dire en 1588, que se forma
en France une association formidable contre

les calvinistes. Cette association, connue
d'abord sous la dénomination du *Conseil des
Seize*, prit ensuite le titre de *Ligue*, et devint
tellement puissante, qu'elle contraignit le
roi qui appartenait à la religion dite réformée, à quitter la capitale pour se réfugier
d'abord à Chartres, puis ensuite à Rouen,
à Tours, et enfin à Blois. Mais n'anticipons
pas sur les événemens.

Il serait trop long, et peut-être hors de
propos d'énumérer ici les efforts que firent,
de part et d'autre, chacun des deux partis
pour le triomphe de leur propre cause :
nous nous contenterons d'extraire quelques
faits de ce grand drame politique, et de les
rapporter.

Dans le quartier Saint-Martin, et presque
en face de l'église Saint-Méry, habitait, en
ce temps, un confiseur qui était fort en

vogue, non seulement auprès du peuple, mais encore à la cour dont il était, et pour des sommes considérables, le fournisseur. Ses facultés intellectuelles ne s'étendant pas au-delà de son négoce et de cet esprit mercan-tile dont s'écartent rarement nos bons marchands ; il avait excellé dans son genre et amassé une fortune considérable. Bompar était son nom.

Sa famille ne se composait que de sa femme, bonne et grosse réjouie qui, n'étant plus jeune, avait encore de beaux restes, et d'une fille nommée Angèle.

Vrai type de beauté, cette dernière, à peine âgée de dix-huit ans, aurait pu servir de modèle à nos grands maîtres, soit pour peindre une tête de Madone à la manière de Rubens, et devenir un objet de contem-plation pour ceux qui se dévouent à la vie

d'oraison et de méditation, soit même encore
celle plus profane d'une Vénus sortant de
l'onde, pour être un sujet d'admiration de
la part de ceux qui.s'attachent davantage
aux choses réelles.

On pense bien que la fourniture de bon-
bons qui se faisait aux principaux seigneurs
de la Cour, comme aussi la proximité où
l'on se trouvait être de l'église, alors très
fréquentée, devenaient des motifs plus que
suffisans pour attirer de nombreux chalands
dans la maison Bompar. Si l'on joint à cela
le mérite personnel de ces deux dames, mérite trop évident pour pouvoir être contesté,
et puis l'esprit de galanterie du siècle dont
nous parlons, on trouvera plus facilement
encore les raisons péremptoires d'un si
grand concours d'acheteurs, et, par suite,
la cause plausible d'une augmentation de

fortune. Il ne serait même pas impossible d'inférer de là la conséquence immédiate de l'espèce de prédilection de la famille, plutôt pour certaines choses ou certaines personnes que pour d'autres.

Quoiqu'il en soit de l'affluence des jeunes seigneurs de la cour et des membres du clergé dans la maison Bompar, toujours est-il vrai de dire que le digne chef de cette maison, quoique dénué d'instruction, se trouvait être l'un des membres les plus influens dans les réunions qui s'établirent par quartier pour le soutien de la ligue.

Nous ne pourrions affirmer que le langage qu'il y tenait était celui de sa propre conviction, puisqu'il n'en avait d'autre que celle de son négoce ; mais ce dont nous pouvons donner l'assurance, c'est que tout ce qu'il y disait soit par écrit, soit verbalement, y

était pris en grande considération et accueilli ensuite favorablement par les *Seize*.

Quelques personnes prétendaient, peut-
être par un motif de basse jalousie, que son
rôle lui était imposé par quelques-uns de
ses chalands ; d'autres disaient que le curé de
Saint-Méry , par l'organe de sa femme, exerçait sur lui une grande influence. Sans lui
reconnaître , toutefois, les mérites qui cons-
tituent un chef de parti , on lui reconnaissait
pourtant celui de partisan zélé de la ligue.
Il est inutile de dire que sa famille était bien
éloignée de se montrer indifférente à cette
lutte d'opinions religieuses.

A l'excessive beauté que la nature s'était
complue à accorder, dans un instant d'a-
bandon, à mademoiselle Angèle Bompar; son
éducation qui avait été aussi soignée que
l'époque le comportait, et la fréquentation

journalière de personnes exagérées en ma-
tières religieuses avaient jointes un caractère d'exaltation peu ordinaire et difficile
à exprimer, Ainsi, par exemple, déclarait-
elle, à quiconque voulait l'entendre, qu'elle
ne donnerait son cœur et sa main qu'à un
ligueur, quels que fussent du reste les mérites d'un autre, et les droits qu'il pourrait
avoir à son estime. De là grand nombre de
prétendans éconduits, et par conséquent mau-
dissant leur mauvaise destinée.

Il ne faut pas croire que le cœur d'Angèle fut entièrement insensible aux douces
illusions de l'amour qui, pour être de courte
durée, n'en font pas moins le charme de la
vie : tant s'en faut. Elle aimait ; mais renfermant dans l'intérieur de son cœur le sentiment qui la maîtrisait, elle cachait soigneusement à tous les regards un secret qu'elle-

même eût voulu ignorer. Ferdinand était celui pour lequel son estime et son amour se
réunissaient ; mais il ne pouvait être son
époux : une barrière insurmontable les séparait. Voici comment les choses s'étaient
passées.

Né dans la rue des Lombards et par conséquent voisins l'un de l'autre, Ferdinand
et Angèle s'étaient souvent rencontrés. Aussitôt que l'âme ardente du jeune homme lui
avait permis de se rendre compte de ce qui
se passait au fond de son cœur, en faveur de
sa jolie voisine, il lui avait peint son amour
en caractères de feu. Les yeux baissés et le
plus vif incarnat répandu sur sa figure, mademoiselle Bompar s'était abstenue de toute
réponse. Mais pour n'en faire aucune, on le
sait, le cœur d'une jeune fille n'est pourtant
pas à l'abri de toute sensation. L'amant, inex-

périmenté et craintif, croit apercevoir le courroux là où l'homme présomptueux et fat trouve une preuve certaine qu'il est aimé.

Cependant l'occasion de renouveler des complimens, auxquels on ne se montre insensible que par bienséance, s'étant fréquemment reproduite, il en résulta qu'on y prêta quelque attention; et puis ensuite, il est vrai de dire à la dérobée, on se hasarda à regarder celui dont les paroles et la voix étaient si douces. Il possédait au physique tout ce qu'il faut pour plaire : on ne se défendit pas contre une première impression. Quand une femme a commencé par se montrer indulgente, elle finit sinon à aimer entièrement, du moins par souffrir qu'on lui répète qu'elle est aimée.

Les deux familles se connaissaient et vivaient

même dans une certaine intimité. Sous le rapport de la naissance, de la fortune et de la probité, celle de Ferdinand ne le cédait en rien à celle d'Angèle : seulement ce premier appartenait à la religion réformée, et l'autre, comme on le sait, professait le catholicisme. On comprend clairement qu'à cette époque il y avait entr'elles incompatibilité.

Et cependant ils s'aimaient, et semblaient êtres nés pour le bonheur l'un de l'autre.

Fatals préjugés !!...

L'amant de la belle Angèle ne s'était pas contenté de déclarer son amour, et d'obtenir la certitude que ses démarches étaient tolérées ; il avait voulu posséder immédiatement ce qu'il regardait comme un bien suprême. Pour y parvenir, sa famille et celle de mademoiselle Bompar avaient été alternativement mises dans sa confidence : il en était résulté des pourparlers ; mais rien de plus. Le mariage n'était possible, qu'autant que l'un ou l'autre des jeunes gens abjurerait la religion de ses pères ; et ni l'un ni l'autre n'étaient disposés à faire un pareil sacrifice.

Nous l'avons dit, ils s'aimaient, ne pouvaient être heureux l'un sans l'autre, et cependant une barrière insurmontable les séparait à tout jamais.

Fatale divergence de principes religieux, inventée par la plus funeste des destinées qui ait présidée jamais au sort de l'espèce humaine, puisqu'elle l'a poussée à tous les excès, à tous les crimes. Fallait-il encore, éprouvant de l'amour au lieu de haine, que deux cœurs, nés l'un pour l'autre, ne pussent se réunir ! Mais telle était alors la fer-

mentation des esprits, qu'aucun des deux
partis ne voulait avoir l'air de céder, crainte
d'être taxé de faiblesse, et c'en eût été une
bien grande alors qu'une abjuration.

Pour les deux amans, les choses en restèrent là. Il n'en fut pas de même des parens ;
car ils se jetèrent corps et bien dans les deux
partis opposés, c'est-à-dire dans celui de la
ligue, et dans celui de la royauté.

Sans nous arrêter à émettre notre opinion
personnelle, sur le choix qu'il y avait à faire, entre les deux résolutions à prendre,
nous allons suivre le cours de notre narra-
tion.

III

Henri III et le Duc de Guise.

Dans les temps de troubles et de discordes civiles que nous essayons d'analyser, et lorsque les esprits se trouvaient être dans l'une de ces situations qui n'admet aucun principe d'équité, de raison même , il n'était pas éton-

nant que les extrêmes se touchassent. On
sera moins surpris, en se reportant à l'esprit
du temps, d'apprendre que les ennemis
d'Henri III, profitant de la divergence des
opinions religieuses qui existait entre lui et
la nation, comme aussi de l'extrême faiblesse
de caractère dont ce prince était doué, se
servissent de ce prétexte pour le perdre dans
l'opinion du peuple.

La populace, parce qu'on le veut, est
toujours la même, grossière, féroce, aisée à
séduire, prompte à s'émouvoir, et ne connaissant pas de frein quand elle est une fois
livrée à sa fougue. Une main habile peut cependant diriger et tempérer l'impétuosité de
ses mouvemens : il s'agit seulement de le
vouloir.

De nos jours, et puisque sous nos yeux la
chose vient de se renouveler, il ne paraîtra

pas étrange qu'un peuple, s'indignant de son
roi ou de la marche despotique de son gouvernement, ne se soulève et le chasse hon-
teusement de sa capitale; ce qui paraîtra
étrange, c'est que le passé ne serve pas de
leçon aux despotes. Mais à l'époque dont
nous parlons, et à laquelle se rattachent les
faits que nous rapportons, la chose semblait
beaucoup plus difficile, non pas sous le rapport de l'organisation municipale, qui était
plus libérale que de nos jours; mais à cause
du pouvoir absolu que le roi exerçait sur ses
sujets.

A cette époque, le corps municipal de Paris était seul arbitre des résolutions et dé-
positaire des forces. La puissance royale
recevait de lui l'impulsion, au lieu de la lui
donner comme de nos jours. On voit que la

royauté a gagnée ce que la commune à
perdue.

Paris avait alors des murailles flanquées
de grosses tours, des portes qui se fermaient
exactement, et des échevins qui en gardaient
les clés. La bourgeoisie était enrégimentée.
Elle élisait ses capitaines, et se formait par
de fréquens exercices au maniement des
armes. Il y avait aux coins des rues de grosses chaînes scellées qu'on tendait à la première alarme pour fermer les quartiers. On
faisait à toutes les maisons des saillies qui
les rendaient plus propres à l'attaque et à la
défense. Enfin le peuple avait ses bannières,
des places d'assemblées fixées, ses mots de
ralliement, et il ne fallait qu'un coup de tambour pour mettre sous les armes une multitude de soldats peu aguerris à la vérité, mais
redoutables par leur nombre.

Il est facile de voir que le Paris d'autrefois valait mieux que celui d'aujourd'hui ;
du moins quant à ce qui concerne l'indépendance de ses habitans.

La ville était divisée en seize quartiers.
Comme dans ce temps de fermentation, chacun se croyait chargé des affaires de l'État ;
il s'était établi dans chaque quartier une espèce de conseil, où l'on traitait des intérêts
de la Sainte-Union. Le chef de l'assemblée
allait ensuite rapporter au conseil général de
la ligue, le résultat de la délibération, les
vues, les projets, la disposition des esprits,
l'état des forces, et en recevoir les ordres né-
cessaires au soutien de la cause commune.

On présume bien que ce chef n'était pas
un des moins ardens du conseil. Les propositions que chacun des seize chefs portait au
conseil général, productions d'imaginations

échauffées, étaient quelquefois jugées si dé-
placées, si téméraires, qu'on les rejetait.
Selon l'ordinaire des caractères emportés et
dominans, ils ne manquaient pas d'être vivement piqués de l'improbation. Ils murmu-
raient, ils se communiquaient leurs mécon-
tentemens, et comme ils avaient les mêmes
prétentions à soutenir, ils s'accoutumèrent
à s'assembler. Ainsi se forma le fameux *Conseil des Seizes*.

C'étaient seize forcenés, qui une fois échauf-
fés ne connaissaient plus ni autorité, ni
raison. Quelques-uns se trompèrent de bonne
foi ; moins coupables, mais aussi dangereux,
ils croyaient fermement que Henri III en
voulait à la religion catholique. C'était le
point d'où ils partaient dans toutes leurs dé-
libérations. Ils s'entêtaient de la certitude
de ce prétendu dessein du roi, et travail-

laient ensuite à en convaincre les conseils
des quartiers, ajoutant à l'accusation ce
principe, que tout était permis pour défendre la religion ainsi menacée. Les Seizes
trouvaient dans les assemblées des quartiers
des gens aussi animés qu'eux, que le fanatisme remuait aussi puissamment et qui en-
fantaient des projets. Ils les communiquaient
à leur chef. Celui-ci en faisait part au Conseil des Seize, qui se trouvaient ainsi poussés à leur tour, par l'enthousiasme qu'ils
avaient eux-mêmes inspiré.

Ce ne peut guère être que cette circulation
de séduction, rendue plus vive par l'appré-
hension du châtiment des anciens attentats, et
aussi la haine toujours plus animée de la
duchesse de Montpensier, qui ait occasionné
le fameux complot des *Barricades*.

Pendant que tout était calme et que le

roi, loin de rejeter la requête de Nancy, faisait espérer une réponse favorable, sans nouveau prétexte, il vint dans l'esprit aux ligueurs de se saisir de sa personne. Monsieur Bompar, à l'instigation du respectable curé de Saint-Méry, en fit la proposition : elle fut accueillie avec une espèce de fureur qui tenait du délire.

Ils méditèrent d'abord d'exécuter leur dessein pendant les réjouissances du carnaval. Ce coup ayant manqué, parce que Poulain en donna avis, les Seize firent le dénombrement de leurs forces. Il se trouva vingt-mille hommes capables de prendre les armes.

Avec ces troupes, ils prirent la résolution d'attaquer le Louvre, de faire main-basse sur les gardes, d'arrêter Henri et d'égorger toutes les personnes suspectes, courtisans ou ministres. Encore averti par Poulain, le roi fit

porter en plein jour des armes dans le Louvre
et manda quatre mille suisses , pour renforcer sa garde : car il est digne de remarque
que les rois ont toujours eu plus de confiance
dans l'amour des étrangers , que dans l'affection de leur peuple. A cette nouvelle ,
le duc de Guise , chef de la ligue et qui s'é-
tait avancé jusqu'à quatre lieues de Paris ,
pour favoriser son parti , retourna à Soissons.

Ainsi abandonnés, les Seize frémirent à
la vue des supplices que la vengeance du
roi leur préparait , Ils s'imaginent déjà être
conduits au gibet et trainés à l'échafaud. Un
désespoir affreux s'empare de cette troupe
auparavant si audacieuse , ils envoient au
duc de Guise députés sur députés; ils lui
écrivent qu'ils vont tout abandonner, s'il ne
vole à leur secours.

Dans ce moment, il ne fallait, de la part de Henri, qu'un coup d'autorité pour dissiper toute la faction; mais persuadé apparemment qu'elle serait toujours peu redoutable en l'absence du chef, il envoya Bellievre, l'un de ses ministres, lui porter défense de venir à Paris.

Pendant le voyage de Bellievre, la duchesse de Montpensier se présenta au roi, se jeta à ses pieds, et le conjura les larmes aux yeux de permettre à son frère de venir se justifier des crimes qu'on lui imputait. En même temps qu'elle tranquillisait Henri par ces démarches soumises, elle lui dressa une embuscade et aposta des troupes dans le faubourg Saint-Antoine, qui devaient l'enlever lorsqu'il reviendrait peu accompagné du château de Vincennes. Elle eût réussi, sans le fidèle Poulain qui avertit en-

core. Le roi se fit escorter par une garde
plus nombreuse.

Les opinions étaient fort divisées à la cour
sur la nécessité du voyage du duc de Guise.
Plusieurs présumaient que sa présence
pourrait accommoder les affaires, en forçant
Henri de suspendre, par crainte ou par
égards, les éclats de la vengeance qu'il méditait. C'était peut-être l'idée de la reine-
mère, lorsqu'elle dit à Bellievre; chargé
d'arrêter la marche du duc de Guise : « *S'il
ne vient, le roi est si en colère, qu'un monde
de gens d'importance sont perdus.* »

Cette contrariété de sentimens, de la part
des personnes qui n'auraient dû en avoir
qu'un avec le roi, rendait moins hardis ceux
qu'il chargeait de ses ordres. Il paraît que
Bellievre n'osa signifier au duc de Guise
la défense absolue de venir à Paris, dans

la crainte d'être ensuite sacrifié. Au lieu
d'être sourd à toutes les objections, comme
le portait sa commission, il écouta les
raisons du duc, et se chargea de les faire
valoir. Celui-ci donna en attendant quelques paroles ambigües.

Bellievre de retour reçut ordre positif
de défendre au duc d'approcher. Le cour-
rier chargé de cette défense ne put partir,
faute de vingt-cinq écus qui ne se trouvèrent pas au trésor. * Une lettre si impor-
tante fut mise à la poste ordinaire. Guise
fit semblant de ne l'avoir pas reçue, et se
mit en marche par des routes détournées ;
de sorte que tous ceux qui furent envoyés

---

* La liste civile, le trésor et les ressources ingénieuses
des hommes d'État de cette époque n'étaient pas ce qu'ils
sont de nos jours. Les ministres de Louis-Philippe n'eussent pas été mis en défaut pour une semblable bagatelle.

au-devant de lui pour le faire retourner,
le manquèrent.

Il entra dans Paris par la porte Saint-Denis,
le lundi neuf mai 1588, sur le midi, accompagné seulement de sept personnes, tant
maîtres que valets ; mais comme une pelote
de neige s'augmente en roulant et devient
bientôt aussi grosse que la montagne d'où
elle s'est détachée, de même au premier
bruit de son arrivée, les Parisiens quittèrent
leurs maisons pour le suivre. En un instant,
la foule s'accrut d'une telle manière, qu'a-
vant d'être au milieu de la ville il avait
déjà plus de trente mille personnes autour
de lui.

Le peuple paraissait ivre de joie. Jamais
il n'avait crié d'aussi bon cœur ; *vive le roi*,
qu'il cria cette fois *vive Guise*. Les démons-
trations de contentement et d'allégresse pu-

blique ne peuvent aller plus loin : les uns
le saluaient et le comblaient tout haut de
bénédictions, le nommant le libérateur et
le sauveur de la patrie : les autres ne pouvant s'approcher, tendaient vers lui les mains
en pliant le corps, comme s'il eût été une divinité. On en vit fléchir les genoux, baiser
le bas de ses habits, lui faire toucher leurs
chapelets et s'en frotter ensuite les yeux,
comme si son attouchement eût communiqué
quelque vertu. De toutes les fenêtres, les
dames et les demoiselles jetaient devant
lui des rameaux, et le couvraient de fleurs.

Pour lui, tranquille et serein, il parlait
à l'un, entretenait l'autre, faisait aux plus
éloignés signe de la main, saluait aux fenêtres, d'un visage riant et marchait tête nue
au petit pas, au milieu de cette multitude.

Avec ce cortège plus flatteur que l'éclat

d'un triomphe apprêté , le duc de Guise alla
descendre à l'hôtel de Soissons, près de Saint-
Eustache , où demeurait la reine mère. Elle
changea de couleur en le voyant et fut saisie
d'un tremblement qui se fit remarquer ; puis
se remettant, elle lui dit qu'elle aurait voulu
qu'il ne fût pas venu à Paris dans ces circonstances. Il répondit, sans se déconcerter,
que l'envie de se justifier auprès du roi ne
lui avait pas permis de différer ; et changeant
de propos , il aborda les dames de la cour ,
leur fit des complimens et lia conversation
avec elles. Pendant ce temps, la reine envoya
Davila dire au roi que le Duc de Guise était
arrivé et qu'elle allait le lui mener.

Ils se mirent en chemin , elle portée dans
sa chaise ; lui à pied, s'entretenant avec
elle, parlant à l'un, caressant l'autre, saluant
tout le monde , jusqu'aux gardes. Il les trouva

doublés en arrivant au Louvre; les suisses
étaient en haie, les archers dans les salles
et une foule de gentils-hommes rangés dans
les chambres qu'il fallait traverser. L'air
morne avec lequel on recevait ses politesses,
le frappa. Il sentit une soudaine frayeur
courir dans ses veines et ce n'était pas sans
cause. On délibérait alors dans le cabinet du
roi de sa vie ou de sa mort.

Frappez le pasteur, disait un des conseillers, *et le troupeau se dissipera.* Le duc arriva
dans ce moment. Henri le regardant d'un
air sévère lui fit quelques reproches auquel
il répondit par des excuses, et la nécessité
où il se trouvait de se justifier. Pendant l'explication qu'eût le duc avec Bellievre que
le roi avait appelé pour convaincre Guise
de désobéissance, la reine mère tira son fils
à part et lui remontra qu'il fallait agir pru-

demment avec lui, attendu qu'il y avait
tout à craindre de la fureur du peuple
assemblé en foule devant le palais. Guise,
qui avait l'œil à tout, profite de ce moment
d'irrésolution, prétexte la fatigue du voyage,
salue le roi et sort. Il retourna le lendemain
matin au château, mais si bien accompagné,
qu'il était plus en état de donner la loi que
de la recevoir.

On avait passé la nuit au Louvre à raison-
ner sur ce qu'on aurait dû faire et à prendre
de fausses mesures pour la suite. A l'hôtel
de Guise, situé dans le quartier Saint-Antoine, on s'occupa à combiner les moyens et à
prévenir les inconvéniens. Des deux côtés on
fit provision d'armes et on plaça des sentinelles comme si l'on eût été en présence
d'ennemis.

Après sa visite au Louvre, le duc de Guise

alla l'après-midi à l'hôtel de Soissons chez
la reine mère, où le roi se rendit aussi. Ils
y eurent une longue conférence dans le jar-
din. Guise qui de là entendait le murmure
du peuple attroupé autour des murailles, en
devint plus hardi. Après quelques légères
excuses sur son arrivée qu'il prétendait ne
pouvoir être blâmée, il signifia ses intentions
en termes polis, mais fermes. C'était que le
roi se déterminât sans détour à faire une
guerre à toute outrance aux huguenots;
qu'il abjurât lui-même, et pour que les catholiques pussent se fier à lui, qu'il chassât
de la Cour Épernon, Lavalette son frère,
en un mot tous les gens suspects.

Le faible monarque, au lieu d'éclater
contre un sujet insolent qui venait le bra-
ver dans sa capitale, s'étendit en apologies.
Elles ne restèrent pas sans réponses. Toutes

ces répliques conduisirent à la promesse
que fit le roi d'acquiescer aux propositions,
si de concert avec le monarque, le Duc
voulait interposer son crédit pour chasser
sans tumulte les étrangers, soldats et gens
sans aveu dont la ville était pleine.

Guise y consentit, sachant bien qu'il n'en
arriverait que ce qu'il voudrait ; et dans le
moment il se fit une proclamation, portant
injonction à tous ceux qui n'auraient pas des
raisons valables de demeurer à Paris, d'en
sortir sur le champ. Il y eût aussi des commissaires nommés pour en faire la recher-
che.

Ils y travaillèrent avec ardeur tout une
journée, mais sans succès. Les bourgeois
cachèrent ces étrangers. Le peuple murmura
de voir fouiller ses maisons et n'épargna pas
les injures aux commissaires. Ils en firent

leur rapport au roi, qui sentit bien d'où partait le coup et qui prit enfin une réso-lution décisive.

Les Seize s'en aperçurent au mouvement qu'ils virent du côté du Louvre, où le roi rassemblait sa noblesse et fesait mettre sous les armes les compagnies des bourgeois opulens : on apprit, en outre, qu'il avait mandé des troupes.

A la vue de ces préparatifs, Guise trem-ble, mais ne désespère pas. De son côté, il envoie des émissaires dans les quartiers les mieux fournis de populace, tels que ceux de l'université, de la place Maubert, de la Grève et des halles. Il fait dire à ses affidés de se tenir sur leurs gardes, prêts à se ras-sembler au premier signal, qu'il se trame un grand complot et que le roi a résolu la mort de cent vingt catholiques. En même

temps on répand des listes de ces prétendus
proscrits, à la tête desquels étaient le duc de
Guise, les curés, les prédicateurs et tous
ceux que le peuple affectionnait.

Le jeudi 12 mai 1588, sur les trois heures
du matin, un fort détachement de quatre
mille suisses qui étaient à Lagny, entra par
la porte Saint-Honoré. Le roi alla les recevoir
lui-même et marqua les postes où ils se rendirent tambour battant et les armes hautes.
Le peuple les vit passer en silence, inquiet
et étonné, mais sans aucun signe de rébellion. Ils s'emparèrent des principales places
et y posèrent des corps de gardes. Tout réussissait à souhait, lorsque sur les dix heures
du matin, un rodomont de Cour, fier de ce
succès, s'avisa de dire *qu'il n'y avait femme
de bien qu'il ne passat par la discrétion d'un
Suisse.*

Ceci fut dit sur le pont Saint-Michel,
voisin de la place Maubert, dont les troupes
du roi avaient négligé de s'emparer, parce
que la voyant pleine d'une multitude d'ou-
vriers, artisans, bouchers et mariniers, elles
appréhendèrent d'être forcées d'employer la
violence; ce qu'elles avaient ordre d'é-
viter.

En un instant, cette parole indiscrète,
passant de bouche en bouche, se répète
dans la place. Aussitôt cette multitude,
engourdie auparavant, commence à se re-
muer. Les uns courent aux armes, les autres
dépavent les rues, garnissent les fenêtres de
pierres, tendent les chaînes, les soutiennent
de tonneaux qu'ils emplissent de terre et
qu'ils appuient de planches, de solives, de
meubles etdetout ce qu'ils rencontrent sous
la main. On sonne letocsin; les barricades se

forment: les troupes, qui ne reçoivent point d'ordres, se laissent investir, et en moins de quatre heures, toute cette grande ville se trouve comme fermée, et les mutins plantent insolemment leur dernière barricade devant le Louvre.

Au premier bruit, le duc de Guise se tient tranquille dans son hôtel, maître des derrières de sa maison, occupés par quelques gens de main propres à favoriser sa fuite, s'il était nécessaire. Quand il apprend que les barricades réussissent, il sort et se promène dans la rue, donnant ses ordres aux exprès que les factieux dépêchaient à chaque instant. Le roi lui envoie, à plusieurs reprises, commandement et prière de faire cesser les désordres. *Ce sont taureaux échappés,* répond-il froidement, *je ne puis les retenir.*

Enfin, il s'élève un cri général, cri de tu-

multe et d'horreur. Entre les voix confuses, on
distingue des coups de fusil , des hurlemens
plantifs comme de gens qu'on égorge : c'é-
taient les suisses du roi que la populace du
Marché-Neuf massacrait impitoyablement.
Ces malheureux soldats , intrépides partout
ailleurs, se voyant enveloppés, tendaient des
mains suppliantes et se rangeaient le long
des maisons pour éviter les pierres qui pleu-
vaient des toîts et des fenêtres , avec les
coups d'arquebuses. Ils montraient leurs
chapelets et criaient de toutes leurs forces
bons catholiques. Malgré cela, il y en eût une
trentaine tant tués que blessés.

C'est à quoi se termina tout le massacre
de cette journée qui finit pour Guise, par un
espèce de triomphe d'un genre nouveau.
Vaincu par les instances réitérées du roi , il
part enfin de son hôtel , une baguette à la

main. Devant lui tombent les barricades. Il remercie le peuple, se familiarise sans perdre sa dignité, avec cette soldatesque singulière et semble prendre plaisir à leurs bravades. A mesure qu'il arrive aux postes des troupes du roi, il les salue, leur parle poliment et leur fait ouvrir le chemin du Louvre. Elles se mettent en marche sans tambour, nues têtes, les armes basses et renversées, trop heureuses encore d'échapper par cette humiliation à la furie du peuple.

Derrière elles, se referment les barricades; Guise en visite quelques-unes et envoie des officiers examiner et renforcer les autres. Ils avertissent qu'on fasse pendant la nuit une garde exacte; le prévôt des marchands veut, à l'ordinaire, donner le mot au nom du roi: le peuple le refuse et le demande au duc. On se fortifie aussi au Louvre; mais les plus

grandes espérances étaient dans la négocia-
tion. La Cour fut déçue de ce côté : car les
prétentions de Guise, lui parurent tellement
exagérées, que ne pouvant les admettre,
Henri III se vit contraint de fuir la capitale
et de se rendre à Chartres, où Nicolas de
Thou, qui en était évêque, lui procura ainsi
qu'à une trentaine de personnes qui composaient toute sa suite, et malgré les ligueurs,
une réception honorable.

Tels furent d'abord les prétextes et puis
ensuite les commencemens de cette seconde
ligue à laquelle, toutefois, ne restèrent pas
étrangères la cour d'Espagne, par un motif d'ambition et puis celle de Rome, par un
prétendu amour de la religion. La première
envoya une armée sous les ordres du duc de
Parme, pour soutenir le zèle des ligueurs,
et la seconde un légat armé des foudres du

Vatican. L'un et l'autre, comme on le pense bien, agirent plutôt dans des vues d'intérêt personnel, que dans celui des souverains qui les avaient accrédités. Delà hésitation et maux incalculables pour les deux partis qui étaient en présence.

IV

Assassinat du Duc de Guise.

A cette époque, l'une des tantes de mademoiselle Bompar , qui habitait Chartres , se
trouvant dangereusement malade , et craignant de mourir , appela sa nièce auprès
d'elle pour recevoir ses soins , et par suite

pouvoir tester en sa faveur, pour la totalité de ses biens, dans le cas où elle viendrait à décéder. Angèle accourut auprès de sa bonne parente, bien plutôt guidée par l'espoir de la rappeler à la santé, que d'en hériter; car jamais un sentiment qui ne put être hautement avoué n'était entré dans son cœur.

A force de soins et d'attentions, elle fut assez heureuse pour la délivrer de tous dangers. Cette tante était en pleine convalescence, lorsque le mouvement des ligueurs contraignit Henri III à venir se réfugier à Chartres.

Bien loin de s'affliger de la malheureuse position de cet infortuné monarque, que des sujets rebelles chassaient du siége de son royaume; Angèle s'en réjouit, parce qu'elle considéra cet événement comme une punition du ciel, à un refus de soumission aux décrêts de Dieu, dont le prince, plus que tout autre, devait donner l'exemple à ses sujets.

Puisque l'amour des idées religieuses avait porté cette jeune fille à leur faire le sacrifice de son bonheur à venir; il n'était pas étonnant qu'elle envisageât non seulement avec calme, mais encore avec un sentiment de satisfaction, le succès que venait de remporter son parti. Toutefois, ce triomphe fut quelque peu affaibli par la vue de Ferdinand, et la certitude qu'elle acquit, en ce moment, de son entier et rare dévouement à la cause du roi. Il était du petit nombre de sujets qui avaient tout sacrifié pour l'accompagner dans l'exil, et lui donner des marques d'une fidélité qui pourrait servir d'exemple à plus d'un courtisan.

—« Dans le moment où mon pays semble
menacé d'une conflagration générale, dit
Ferdinand à Angèle, j'aurais cru faire preuve
de lâcheté, et me montrer indigne de vous,
si je n'avais pris les armes en faveur de mon
roi. Non que j'espère lui être d'un grand
secours ; mais j'ai du moins l'expectative d'ê-
tre utile à ma patrie, et d'avoir accompli un
devoir. Un sentiment inconsidéré de gloire
ne m'a point fait prendre les armes. J'ai
ceint l'épée pour la rendre protectrice à
tous les infortunés, quelle que soit du reste
leur croyance religieuse ; car je les respecte
toutes.

—Ces sentimens vous honorent, et loin
de vous désapprouver, j'applaudis aux motifs qui vous ont fait prendre cette résolution.

— Puissé-je être assez heureux pour que
ma conduite justifie, comme je le désire, ma
détermination et la prétention que j'ai de
vous aimer.

— Il est impossible que cette première
n'obtienne pas l'assentiment des honnêtes
gens. Quant au sentiment d'estime, je dirai
même d'amour que vous m'avez voué, et que
vainement j'aurais voulu me défendre de partager, les circonstances et le lieu m'impo-
sent plus que jamais la nécessité de vous
renouveler ma profession de foi et mes exi-
gences. Abjurez vos principes religieux,
entrez dans le parti de la ligue; à ce prix
mon cœur et ma main vous appartiennent.

— Ah! que me proposez-vous!!...

— Rien qui ne soit facile à l'homme qui

prétend m'aimer. Sachez me le prouver.

— Bien plus que vous aimer, je vous ido-
lâtre. Je suis convaincu que sans votre possession, il ne saurait y avoir pour moi de
véritable félicité; mais mes devoirs, la religion de mes pères : les abandonner..... jamais!!!..

—Dans ce cas, ne songeons plus l'un à
l'autre. »

Ce court entretien avait eu lieu chez la
tante de mademoiselle Bompar et en sa présence, où sachant qu'elle se trouvait, Ferdinand était venu lui faire agréer ses homma-
ges. L'échange de volontés ou de désirs,
comme on voudra les qualifier, qui fut fait
en cette circonstance, et quoique briève-
ment exprimé, peint parfaitement, comme

on le voit, les mœurs du temps ; et justifie
la persévérance que chacun apportait à faire
triompher alors ses opinions religieuses.

Il y a bien loin de cette époque à la nôtre,
où elles sont toutes libres, toutes respectées,
et où on ne s'enquiert guère de croyances en
matière de religion. La politique, ou bien
même un sordide intérêt d'argent, absor-
bent aujourd'hui toutes les pensées, toutes
les facultés de nos hommes d'État : autres
temps, autres mœurs.

Cependant des milliers de Français s'entr'égorgeaient sous le prétexte puérile de
soutenir leur croyance, et pour la faire prévaloir, appelaient à leur aide des soldats étrangers. Comme on le voit, il ne suffisait pas à
des hommes de la même nation, appartenant à la même famille, et soumis aux mê-

mes lois, de se massacrer les uns les autres
impitoyablement; leur aveuglement et leur
délire étaient tels qu'au lieu de se réunir
pour chasser d'un commun accord de leur
territoire l'ennemi de tous, ils l'y intro-
duisaient; non seulement pour être témoins
de leurs guerres intestines, mais encore
pour y prendre part, et en tirer avantage,
dans leurs propres intérêts, qui bien entendu ne pouvaient être ceux de la patrie.

La fuite du roi, n'avait cependant pas été
le but auquel visait le duc de Guise : il eût
voulu au contraire, le renfermer dans le
Louvre et lui dicter ses volontés. Il en fut
autrement.

Quoiqu'il en soit et comme notre intention n'est pas de suivre les deux partis dans
leurs prétentions, ni dans leur organisation
ultérieure; mais seulement de faire connaî-

tre l'esprit du moment pour arriver plus sû-
rement à notre but, nous nous contenterons
de dire que, de part et d'autre, on perdit le
moins de temps possible pour se mettre en
état de légitime défense.

Nous ne parlerons pas des processions,
vraies parades de carnaval, que firent hors de
Paris et jusqu'à Chartres, sous les yeux du
roi, les Catholiques-Ligueurs, à l'occasion
de sa fuite de la capitale, non plus que des
ordonnances ou décrets que rendaient ce
prince et que ses ennemis faisaient brûler
par la main du bourreau : nous ne dirons
pas non plus à quelles extravagances ridicules se livrèrent, en cette circonstance, les
deux partis. Ces détails se trouvent dans l'histoire de l'époque.

De Rouen, où il avait fixé son séjour pendant les négociations qu'avait entamées la

reine-mère et durant lesquelles il ne s'était occupé que de fêtes sur l'eau, de jeux et de spectacles, comme si tout le royaume était en paix, Henri III était venu à Blois, où il avait convoqué la tenue des états-généraux.

Les prétentions toujours croissantes du duc de Guise, et le ton d'arrogance qu'il mettait à les présenter, n'ayant pas permis de les accueillir favorablement : sa mort fut jugée nécessaire. Le roi, honteux de l'asservissement où le tenait la ligue, crut devoir en sortir par un crime.

Il est inutile d'entrer dans le détail des précautions prises pour instruire les assassins, les encourager, les placer et couvrir les démarches qui pouvaient donner des soupçons. Le roi fit avertir le duc, que voulant avoir la journée libre, il tiendrait le conseil de grand matin, le 22 décembre,.

(c'était en l'année 1588). De peur qu'il y
manquât, on le prévint qu'il y serait décidé
deux affaires qui l'intéressaient, non directement, mais pour des amis qu'il voulait
servir, afin d'en gagner d'autres par l'os-
tentation de sa puissance.

Guise avait, dit-on, passé la nuit avec la
marquise de Noirmoutier, autrefois la dame
de Sauve, si fameuse par ses galanteries. Elle
était même venue exprès à Blois, dans le
dessein de l'engager à se sauver. Il lui ob-
serva qu'abandonner les états au point où en
étaient les choses, ce serait décourager ses
amis et repousser la fortune qui lui tendait
la main. Trop tendre pour céder à la voix de
l'ambition, la marquise le presse, le conjure. Insensible à ses larmes, il s'arrache de
ses bras et vole à ce fatal conseil.

En arrivant, il se trouve investi des gardes

du roi qui l'accompagnent jusqu'au haut de
l'escalier, le chapeau bas, le priant, en qualité de grand-maître de la maison du roi, de
les faire payer de leurs appointemens. A la
vue de cette troupe suppliante, l'escorte du
duc, s'écarte et se dissipe. Quand il est entré
au conseil, la porte se ferme, les gardes re-
prennent leurs postes et empêchent que de
nouveaux avis qu'on envoyait au duc, ne
parviennent jusqu'à lui.

Soit frayeur, fruit de la réflexion, soit faiblesse occasionnée par les excès de la nuit,
il devint pâle et se plaignit d'un mal de
cœur. Quelques confortatifs le remirent.
Dans le moment qu'il reprenait ses forces,
on l'avertit que le roi veut lui parler. Il salue
gracieusement l'assemblée, sort de la salle ;
et comme il était embarrassé à lever la por-
tière de l'antichambre du roi, un assassin

saisit d'une main la garde de son épée et de l'autre lui plonge un large poignard dans la poitrine, D'autres le frappent à la tête et au ventre, dans la crainte qu'il ne soit cuirassé. Il pousse un grand soupir. Par un reste de vigueur, il se débarrasse de leurs mains. Les bras tendus, la bouche ouverte, les yeux éteints il court jusqu'au bout de la chambre. Un des complices ne fait que le toucher, il tombe et expire. *

* Voici comment, dans son *Histoire de la Ligue*, Maimbourg raconte le fait :

« Le duc tenait d'une main son chapeau et de l'autre
« le bout de son manteau qu'il avait retroussé sous le bras
« gauche.

« Ce fut dans une chambre voisine du vieux cabinet et
« au moment où, avec l'un des quarante-cinq que com-
« mandait Loignac, premier gentilhomme de la chambre,
« il levait la tapisserie qui en couvrait la porte et se bais-
« sait pour y entrer, que ce dernier, aidé de sept à huit
« hommes seulement, le fit saisir par les bras et par les
« jambes, et qu'on lui enfonça cinq ou six poignards dans
« le corps par devant et par derrière dans la nuque du
« cou et dans la gorge. Par un dernier et puissant effort,

Le cardinal de Guise et l'archevêque de
Lyon, qui étaient au conseil, entendant du
bruit, veulent aller à son secours : il n'était
plus temps. On les arrête de la part du roi,
ainsi que la mère du défunt, son fils, ses
plus proches parens, le vieux cardinal de
Bourbon, et les principaux partisans du duc,
tant dans le château que dans la ville. Henri
descend aussitôt chez sa mère, retenue au
lit par des infirmités qui la conduisirent
bientôt au tombeau.

— « Le roi de Paris n'est plus, madame,
lui dit-il en entrant, et je suis roi désormais. »

— Vous avez fait mourir le duc de Guise,

« en se débattant, il entraîna ses meurtriers jusqu'à ce
« qu'il tomba au pied du lit où quelque temps après, en
« jetant un profond soupir, il rendit l'esprit. »

reprit-elle, en soupirant, Dieu veuille que cette mort ne vous rende pas roi de rien. C'est bien coupé, mon fils, mais il faut coudre. Avez-vous pris toutes vos mesures? »

Il la pria d'être tranquille et alla se montrer au peuple.

Henri eut une longue conférence avec Morosin, légat du pape, homme doux et prudent, qui, se renfermant dans son emploi, se contenta d'exhorter le roi à soutenir la religion, sans approuver ni blâmer la mort du duc de Guise. Cette modération du légat fit croire au roi que la mort du cardinal de Guise serait indifférente à la cour de Rome. On le regardait comme presque aussi dangereux que son frère : turbulent, emporté, capable de souffler dans tous les cœurs le désir de vengeance dont il était animé. Sa mort fut résolue.

Enfermé dans une chambre haute avec l'archevêque de Lyon : ils avaient passé en prières le jour de cette sanglante catastrophe et la nuit qui la suivit.

Le matin du 23 on les sépara.

Chacun crut de son côté, qu'il était destiné à la mort.

Le cardinal fut bientôt éclairci ; on lui déclara qu'il n'avait plus qu'un instant à vivre. Il se mit à genoux, recommanda son âme à Dieu, et se couvrant la tête, il s'écria : *Faites votre commission.* Aussitôt les soldats le tuèrent à coups de hallebardes. *

---

* On reprochait à ce cardinal d'avoir dit : « que s'il « tenait la tête du roi, entre ses jambes, il lui ferait « une couronne de moine avec la pointe d'un poi- « gnard. »

Les corps des deux frères, furent mis avec leurs habits dans la chaux vive pour être consumés, de peur que les Ligueurs n'en fissent des reliques.

Précaution inutile, le roi aurait dû s'armer de vigueur et écraser le fanatisme par l'autorité, au lieu de se contenter de lui enlever quelques villes. Mais comme si l'effort qu'il venait de faire en abattant la tête du chef l'eût épuisé, il retomba bientôt dans sa langueur ordinaire.

Commandant sans force, il fut servi mollement. La plupart des prisonniers faits, au moment du massacre, s'échappèrent. Plusieurs furent même relâchés par des ordres émanés d'une trop grande bonté. Il ne lui resta enfin, que le jeune prince de Joinville, qui prit le nom du duc de Guise, et le vieux cardinal de Bourbon, dont on craignait moins

la personne que le nom. Encore le roi fut-il
obligé de racheter ces deux prisonniers de
ceux à qui il les avait d'abord donnés en garde, et qui, tentés par l'argent des ligueurs,
mirent à prix leur fidélité à l'égard du souverain.

Le duc de Mayenne fut manqué d'une
heure par ceux qui avaient été envoyés à
Lyon pour l'arrêter. Il se sauva en Bourgogne, son gouvernement, bien embarrassé
d'abord du parti qu'il prendrait; mais bien
rassuré, sitôt qu'il eût su ce qui se passait à
Paris, où il fut appelé pour aller y prendre,
à la place de son frère le duc de Guise, le
commandement des ligueurs.

V

Les Ligueurs. — 1ᵉʳ août 1589.

Si on veut savoir à quoi peut se porter une populace effrénée, il faut lire dans les auteurs contemporains, les excès des ligueurs. On y trouvera un mélange de fureur et de ridicule, qui inspire l'indignation et la pitié.

La mort du cardinal de Guise ouvrit un vaste champ aux déclamations des prédicateurs. Le meurtre du Duc marquait bien, à leur avis, peu de penchant dans le roi pour la Sainte-Union ; mais l'assassinat d'un évêque était un attentat manifeste contre la religion. Il n'y avait plus à hésiter, *Henri de Valois*, nom qu'ils donnèrent au roi par la suite, était hérétique.

Les catholiques devaient s'unir pour tirer vengeance de son crime, et y employer, s'il était nécessaire, *jusqu'au dernier denier de leur bourse, et jusqu'à la dernière goutte de leur sang.* — *Jurez-le tous,* s'écria le fougueux Lincestre, dans sa chaire de Saint-Barthelemy : *jurez-le tous avec moi, et levez la main en signe de votre serment.* Comme il vit que le premier président de Harlay, assis dans l'œuvre, les yeux baissés et la contenance tranquille, paraissait ne prendre aucune part à cette saillie, il eût l'audace d'apostropher le magistrat en ces termes : *Levez la main aussi, monsieur le premier président ! Levez-la bien haut, afin que tout le monde le voie.*

O saint et glorieux martyr ! s'écria dans son enthousiasme un religieux prêchant devant la mère du duc de Guise : *O saint et glorieux martyr ! béni est le ventre qui t'a porté, et les mamelles qui t'ont allaité !*

Il n'y avait point d'église où l'on ne fît pour eux des services funéraires, point de corps de communautés, d'associations, de confréries qui ne cherchât à se signaler par la pompe de ces devoirs lugubres, et par quelque trait de singularité, en l'honneur des deux frères défunts. On faisait leur oraison

funèbre, on exposait à la porte des églises
le tableau de leur prétendu martyre.

Sur les mêmes autels où l'on célébrait le
saint sacrifice pour les Guises, quelques-uns
eurent l'impiété de mettre des images du roi
en cire. Pendant la messe, ils les piquaient
en différentes parties du corps et enfin au
cœur, dans l'intention de faire mourir ce
prince en langueur, par ces espèces de con-
jurations magiques.

Des processions d'enfans parcouraient
les rues ; on en fit une générale, composée
de plus de cent mille qui partirent du
cimetière des Innocens, et se rendirent à
Sainte-Geneviève, portant chacun un cierge
de cire jaune. En entrant dans l'église, ils
l'éteignirent, et le foulèrent aux pieds en
criant de toute leur force : *Dieu éteigne la
race des Valois*.

Aux enfans, se joignirent bientôt des personnes plus âgées, *tant fils que filles*, dit le bon Parisien, auteur du journal de Paris, *hommes que femmes, qui sont tous nuds, en chemise, tellement qu'on ne vit jamais si belle chose, Dieu merci*.

Il se commettait à ces processions des désordres qui obligèrent les curés de les défendre, surtout celles qui se faisaient la nuit. Le duc d'Aumale, gouverneur de Paris, et d'autres jeunes gens, à l'exemple du chef, donnaient le bras à des femmes et des filles, fort indécemment vêtues, avec lesquelles ils s'amusaient à rire et folâtrer. D'Aumale *jetait dans les églises, à travers une sarbacane, des dragées musquées aux demoiselles qu'il connaissait, et leur donnait des collations dans le cours de la marche*.

Les confesseurs travaillaient avec ardeur;

dans le tribunal, à éteindre dans le cœur de leurs pénitens toute la fidélité à leur souverain ; et comme ils trouvaient souvent des gens opiniâtres qui voulaient, pour rompre les liens sacrés de l'obéissance au roi, une autorité autre que celle de leurs directeurs, ils imaginèrent de faire parler la Sorbonne en leur faveur.

Le décret de ce corps respectable, comme on le pense bien, fut ce qu'ont été, et ce que seront toujours les décisions de juges amovibles, c'est-à-dire favorable au pouvoir.

Quelques jours après le court, mais très-explicite entretien que nous avons rapporté, et qui avait eu lieu entre Ferdinand et Angèle, ce premier suivit son souverain à Blois, où devaient se tenir les états-généraux que Henri III y avait convoqués; et mademoiselle

Bompar quitta Chartres, pour retourner dans le sein de sa famille. Ce fut peu de temps après l'arrivée de cette dernière à Paris, qu'on y apprit le double assassinat du duc et du cardinal de Guise.

Ainsi qu'il est facile de le penser, cette nouvelle produisit une très-grande sensation dans le parti de la ligue ; mais comme les douleurs ne doivent pas être éternelles, et qu'il importe d'appliquer à un mal quelconque le remède le plus prompt et le plus efficace ; celui qui s'offrit à la pensée des ligueurs, fut digne de tout point de l'exemple que le chef de l'état lui-même venait de donner. La mort du roi fut résolue, comme devant servir d'holocauste à la mémoire de ceux qu'il avait si indignement fait assassiner. Il ne s'agissait plus que de trouver un énergumène, assez rassasié de la vie pour la sacrifier à

un acte aussi furibond. A cette époque, il
était impossible qu'il en manquât.

Un jacobin, nommé Jacques Clément,
à peine âgé de vingt-deux ans ; ignorant et
grossier, libertin et toujours mêlé avec la
plus vile populace, auprès de laquelle il
faisait parade de son courage, répétant sans
cesse qu'il fallait faire là guerre aux hérétiques, les exterminer, les anéantir, s'offrit et
fut chargé de commettre cet horrible forfait.

Il est digne de remarque qu'une femme du
rang le plus élevé, la duchesse de Montpensier, intéressée à venger la mort de son frère
le duc de Guise, ne craignit pas, dans cette
circonstance et pour exciter ce forcené à
commettre cet assassinat, de compromettre sa
pudeur en s'abandonnant entièrement à lui.

Le premier août 1589, Henri III, à son lever, instruit qu'un religieux, chargé de quel-

ques dépêches des prisonniers de Paris, demandait à lui parler, ordonne qu'on le fasse entrer, s'avance au devant de lui, prend ses lettres et dans le moment qu'il les lisait attentivement, Jacques Clément tire un grand couteau de sa manche et le lui plonge dans le ventre.

Henri blessé s'écrie, retire lui-même le couteau et en frappe le scélérat au visage. Aussitôt les gentils-hommes présens, poussés d'un zèle inconsidéré, mettent en pièces le meurtrier et enlèvent, par sa mort, le moyen de connaître ses complices.

A la nouvelle de cet assassinat, plusieurs villes du royaume firent des feux de joie. Le pape Sixte V éleva le zèle du parricide Jacques Clément, au-dessus de celui d'Éliazar et de Judith, et le préconisa comme un des plus grands saints. (*Au dire de Duplin*). Le

parlement de Toulouse ordonna une proces
sion annuelle au jour de l'assassinat de son
roi, et le père Bourgoing, dans ses sermons,
le traita de bienheureux enfant de saint Do-
minique, et de saint Martyr de Jésus-Christ.
Sa mère et ses parens obtinrent des récompenses.)

Quelques instans avant sa mort, qui eût
lieu le lendemain, Henri III fit appeler autour de son lit le roi de Navarre, ainsi que
les principaux seigneurs de sa Cour et en-
gagea ces derniers à reconnaître après lui
son parent. Puis le faisant approcher, il jeta
ses bras à son cou, le tint long-temps pressé
contre son sein, les yeux levés au ciel,
comme s'il eût prié pour lui, et lui dit:
*Soyez certain, mon cher beau-frère, que jamais
vous ne serez roi de France, si vous ne vous
faites Catholique,* puis ensuite il expira.

VI

Deux Rois pour une Couronne.

Immédiatement après la mort de Henri III, Henri de Bourbon , roi de Navarre , fut proclamé roi de France par les seigneurs de sa Cour et prit le titre de Henri IV. Doué d'un caractère beaucoup plus actif et guerrier que

son prédécesseur, il s'occupa sérieusement
des moyens de battre les ligueurs que commandait le duc de Mayenne et de reprendre
Paris. Pour arriver à ce résultat, il se détermina à faire un siège en règle de la capitale
et à la bloquer en attendant qu'il put faire
brèche. De leur côté les ligueurs se mirent
en état de sérieuse défense.

On sait qu'une cité telle que Paris, est
difficile à alimenter à cause du grand nombre de consommatenrs : aussi le nouveau roi
de France, voulut-il contraindre par la famine ses sujets à se rendre. Ce moyen est
tout aussi bon qu'un autre, aux yeux d'un
roi, pour conquérir l'amour d'un peuple.

Parmi les officiers de la ligue que des mérites éminens distinguaient, on remarquait,
à cause de sa bravoure et de son urbanité, un
chevalier de Mercœur. Appartenant à une

bonne famille, que des services honorables, rendus dans la magistrature et les armes, avaient récemment anobli ; cet officier semblait promettre de ne pas déchoir des siens.

Dans toutes les rencontres qui avaient eu lieu entre les ligueurs et les troupes royales, on avait été à même de reconnaître en lui une présence d'esprit peu commune, un courage et une générosité rares. Il joignait à toutes ces vertus le physique le plus distingué et comptait à peine vingt-deux printemps.

Quoique guerrier dans toute l'acception du mot, de Mercœur n'était pas indifférent aux douces émotions de l'amour : il pensait au contraire qu'il n'appartient qu'aux nobles inspirations qui en découlent, d'élever l'âme au sublime, et il eût voulu y arriver.

Malheureusement pour lui, cet agent ac-

tif et zélé de la ligue, aimait sans espoir
d'être payé de retour. Angèle Bompar, l'a-
mante aimée de Ferdinand, était la dame de
ses pensées.

Présumant, non sans raison, que le cœur
de la jeune et belle Angèle était encore
libre, et ne révoquant nullement en doute
qu'un accueil bienveillant ne fut fait à sa
démarche, il se hasarda à la faire avec toute la
délicatesse convenable.

Mais, grand Dieu! combien dut-être grand
son désappointement en apprenant de la
bouche même de celle à laquelle il fit l'aveu
de son amour qu'il avait un rival et un rival
aimé. Toutefois et à cause des circonstances
qui les tenaient éloignés l'un de l'autre, il
ne désespéra pas entièrement de parvenir à
se faire favorablement écouter.

Une persévérance soutenue, des égards

et des attentions continuelles devaient né-
cessairement finir par surmonter les difficultés. Nous verrons, par la suite, si les unes
et les autres obtinrent quelques succès;
mais revenons à celui qui tout récemment
venait d'être chargé des destinées de la
France.

Quoiqu'ayant pris de suite le titre de roi
de France, puisque son beau-frère l'avait
déclaré son légitime héritier, Henri ne put-
être reconnu par l'armée entière que les
opinions religieuses divisait. Les protestans,
amenés par lui au secours de son prédécesseur, en fidèles vassaux, s'empressèrent de
lui rendre hommage, déterminés en cela par
la certitude qu'ils eurent du succès de leur
cause, et dans l'espoir de voir bientôt la
religion réformée proclamée la seule et unique; en un mot celle de l'état. Mais plusieurs

d'entr'eux, ne voyant pas cette attente se
réaliser au gré de leurs désirs , c'est-à-dire
immédiatement, et, par cela même, se
croyant déçus dans leurs espérances, allé-
guèrent différens arrangemens avec leurs
vassaux et se retirèrent dans leurs terres. Ce
contagieux exemple fut, malheureusement
pour lui, suivi par un grand nombre d'autres.

Ainsi qu'il est facile de le croire, les ligueurs, de leur côté, ne voulant pas entendre parler d'un prince hérétique, sollicitè-
rent instamment le duc de Mayenne, leur
nouveau chef, d'accepter le titre de roi.
Mais celui-ci, craignant avec raison les
suites inévitables de cette hardiesse , dont il
se sentait peu capable, se garda bien d'accéder
à la demande des zélés ; et pour les consoler
en partie de ce refus, il leur donna un si-

mulacre de roi, une espèce de manequin sous
lequel il fût maître absolu dans le royaume.
Ce fut le cardinal de Bourbon, âgé de 70 ans,
qui, sous le nom de Charles X, prit le titre
de roi. Par suite de cette conduite le parti
de la ligue acquit de plus en plus de nouvelles forces en recevant des secours du roi
d'Espagne, des ducs de Savoie et de Lorraine
qui, en voyant sur le trône ce fantôme de
roi, ne furent plus retenus par la crainte et
ne se regardèrent plus comme sujets rebelles

Mayenne adressa une proclamation aux
Français dans laquelle il exhortait tout bon
catholique à se réunir à lui, afin de chasser
l'intrus qui prétendait les gouverner. Il se
vit et en peu de temps, par ce moyen, à la
tête d'une armée de 25,000 fantassins et de
8,000 cavaliers. Ce fut avec de telles forces
qu'il marcha contre le roi de Navarre, dont

l'armée comptait à peine 7 à 8,000 hommes,
et qu'il força ce monarque à se retirer vers
Dieppe, où pour ne pas être enveloppé il
se vit forcé de passer la mer et d'aller chercher un asile en Angleterre, auprès d'Éli-
sabeth.

Le duc de Mayenne aurait pu très aisément le poursuivre et le faire son prisonnier ;
mais, selon sa coutume, il resta trop de
temps à décider quelle devait être sa
conduite dans cette circonstance où la victoire lui eût été si facile. Par suite de cette
lenteur, Henri, en trois jours de temps et
avec une incroyable diligence, s'approcha
d'Arques, où il défit Mayenne qui plia, à
son tour, devant le courage de l'armée
royaliste.

L'année suivante, en 1590, eut lieu la
célèbre bataille d'Ivry. Ce fut là que l'amant

de la belle Gabrielle, l'ami de Sully, Henri
IV enfin, remporta une victoire signalée sur
l'armée des ligueurs, commandée par Mayenne, revêtu de la dignité de lieutenant du
royaume. C'est là qu'il désigna son panache
comme le guidon de la gloire ; c'est là qu'il
embrassa Schomberg, pour réparer l'affront
que, dans un moment d'humeur, il lui avait
fait; c'est là, qu'il fut plus soldat que général,
plus homme que monarque ; c'est là enfin,
que ni sa victoire, ni son abjuration ne lui
ouvrirent point les portes de Paris, mais
bien la défection du commandant Maillard,
qui y introduisit son armée pendant la nuit.
Mais n'anticipons pas sur les événemens.

S'apercevant que le Béarnais n'était pas
facile à réduire, Mayenne implore le secours
du Saint-Siège et celui de l'Espagne. Cette
dernière donna à entendre que si elle inter-

venait, ce serait à condition que l'Infante
Isabelle serait immédiatement reconnue
reine. Trop adroit pour refuser ouvertement
les conditions de l'astucieux Philippe, Mayenne invoqua la disposition de la loi Salique;
car il répugnait à son cœur de placer ainsi
sa patrie sous le joug honteux de l'étranger.

Mécontens de son zèle, les chefs des ligueurs acceptèrent avec joie les conditions
de la Cour d'Espagne, et semblèrent ainsi
vouloir oublier un instant leur général ;
mais l'ennemi devenant de plus en plus redoutable, ils se virent contraints de le rappeler à eux et celui-ci, pour se venger d'un
discrédit momentané, et sans aucune forme
de procès, fit trancher la tête à quatorze ligueurs, dans la cour même du Louvre.

Cet acte de fermeté jeta l'effroi parmi
ceux des ligueurs qui avaient osé se décla-

rer ses ennemis. Bussy – Leclerc, l'un des
Seize, et un autre, se sauvèrent en Norman-
die, où ils moururent de misère.

Il serait trop long, et cela nous éloigne-
rait beaucoup trop de notre sujet, que de
vouloir rapporter ici les événemens qui
précédèrent le blocus de Paris. Nous nous
contenterons de dire, que par suite des ba-
tailles d'Ivry et de Dreux, où l'armée royaliste fut toujours victorieuse, la ligue perdit
sa grande réputation; qu'Henri, voyant plus
que jamais la nécessité, et à quel prix que
ce fut de soumettre le royaume, sentit le besoin, bon gré, mal gré, de réduire les Parisiens, et que pour y parvenir, tout moyen lui
sembla bon; qu'il se résolut enfin à les contraindre autant par la force des armes que
par tout autre, à ouvrir leurs portes au vain-

queur et à se mettre à son entière disposition.

Toutefois, avant d'entrer dans les horribles détails de ce siége, à jamais mémorable
dans les fastes de notre histoire, nous croyons
essentiel de désigner nominativement quelques-uns des seigneurs qui composaient l'armée royale.

Parmi eux, se faisaient principalement
distinguer : le duc de Nemours ; le chevalier
d'Aumale; Tavanne; Bassompière; le prince
de Conty ; le duc de Montpensier ; Rosny,
depuis duc de Sully ; Clermont; d'Entrague;
le comte Schomberg; les sieurs de Fouquies;
de Crenay; Cornette ; de Montpensier ; Lan-
grenay ; François de Daillon, comte de
Lude, fils du sage et vaillant Guy de Daillon,
gouverneur du Poitou, qui se défendit avec
tant de courage contre l'amiral Coligny et

conserva la vie au roi Charles IX ; Henri de
Laval, marquis de Nels ; le comte de Choisy ;
et les sieurs D'O, Lauvergne, et Monlouet.

Nous aurons vraisemblablement occasion,
dans le cours de cet ouvrage, de parler de
ces dignes compagnons et défenseurs de
la cause de Henri, roi de France et de Navarre.

VII

Le Chevalier de Mercœur et Angèle.

Pensant, avec raison , qu'en interceptant
toutes les communications, les habitans de
la capitale se rendraient eux-mêmes et lui
ouvriraient leurs portes, Henri résolut de
prendre Paris par la famine. Mais une forte

et vigoureuse résistance l'attendait, et avant
que ses vœux les plus ardens fussent accom-
plis, d'affreux malheurs devaient rendre à
jamais célèbre son avénement à la couronne
de France.

Henri IV concentra son armée autour de
Paris, s'empara ou fit garder toutes les is-
sues, et s'occupa activement des moyens qui
pouvaient priver ses habitans de leurs relations avec la campagne. Cette conduite, de
sa part, ôta à cette immense cité et en peu
de temps toutes ses ressources, et, par suite,
contraignit les seigneurs à faire bonne et vigoureuse défense.

Lorsque dans un combat on risque et on
défend ses jours et ceux de ses amis, le danger auquel on s'expose, compense le mal
que l'on fait, et on peut se le pardonner.
Mais sans péril être inhumain! mais voir lan-

guir devant ses yeux une multitude affamée,
l'enfant sur le sein de sa mère, le vieillard
dans les bras de son fils expirant! Les voir
se déchirer, les voir se dévorer entre eux,
dans les accès de la douleur, de la rage et
du désespoir! Pour se déterminer à en agir
de la sorte, il faut, selon nous, avoir fait abnégation totale de la dignité d'homme!!!..

Parmi les premiers résultats qu'obtint le
prétendant à l'affection de son peuple, les
historiens impartiaux rapportent que, dans
une attaque générale qui eut lieu et où il
commandait en personne; quelques faubourgs furent pris et pillés par ses soldats,
et que les dépouilles des vaincus servirent à
payer ses troupes, qui depuis quelque temps
ne recevaient plus leur solde.

Est-ce là ce caractère de magnanimité si
vanté; cet amour de son peuple tant prôné

par de bas et de vils flatteurs, toujours em-
pressés de louer les princes ? Nous le deman-
dons : en fit-il preuve en cette occasion?
Eut-il raison de traîter ainsi ceux sur lesquels il prétendait vouloir régner ? Était-ce
le moyen de capter les suffrages et l'amour
de ses futurs sujets, et de faire espérer que
son règne serait clément et doux ?

Cette conduite de la part d'un monarque
qui prétendait conquérir un royaume était
peu faite pour lui concilier le cœur de ses sujets. Au surplus, ce n'est pas le seul reproche
que la postérité aura à adresser au bon Henri:
car durant les travaux pénibles de ce siége à jamais mémorable, et où les habitans de sa bonne
ville de Paris mouraient par milliers et de
faim chaque jour, son camp était bien ap-
provisionné, et lui-même, dans les bras de
la belle abbesse de Montmartre, oubliait faci-

lement que son peuple s'entr'égorgeait pour satisfaire à son désir de royauté. Sa mémoire est loin d'être exempte de reproches; l'historien impartial lui demande compte du sang de son ami, le maréchal de Biron; et de la loi sanguinaire qu'il porta contre les braconniers.

Toutefois et pour faire plus particulièrement connaître le caractère d'Henri IV, nous citerons un fait peu connu, et qui se rattache à ces nombreux combats partiels qu'eurent à soutenir les ligueurs et les royalistes.

Le pont de Charenton, sur la Marne, est l'un des plus anciennement bâtis pour faciliter les arrivages à Paris. Il a toujours été regardé comme la clé de la capitale de ce côté. Dès l'an 865, on trouve que les Normands s'en emparèrent et le rompirent. En

l'an 1358, le dauphin Charles, régent du
royaume pendant l'absence du roi Jean, son
père, marchant sur sa capitale révoltée et
au pouvoir de Charles-le-Mauvais, dirige
tous ses efforts pour s'emparer de ce pont.
Charles VII le reprend sur les Anglais en
1436. L'armée de la ligue, dite du bien public, en fait, en 1465, un point important
pour ses opérations contre Louis XI. En
1590, Henri IV l'enlève aux soldats de la
ligue qui le défendent avec opiniâtreté. Il
était alors protégé par une grosse tour bâtie
à la tête, et l'histoire rapporte que dix enfans de Paris résistèrent pendant trois jours,
à toutes les forces de l'armée royale. Henri IV,
irrité de cette défense désespérée, et devenu
maître de la tour, la fit raser et pendre les
dix audacieux qui lui avaient tenu tête.

Revenons à notre sujet.

Quant a nous, qu'aucun motif ne guide
dans nos jugemens, nous nous abstiendrons
d'émettre une opinion qui pourrait paraître erronée à quelques personnes, et exacte à d'autres, et laisserons à de plus habiles
ou plus profonds politique que nous le
soin d'en juger.

Les villages de la banlieue, occupés mili-
tairement par les troupes royales, ne purent
faire parvenir des vivres aux assiégés, et
ceux-ci, contraints par ces moyens extrêmes, montrèrent un courage et une opiniâtreté vraiment étonnans. Réduite à ses propres ressources, cette immense cité vit bientôt décimer par la famine la plus grande
partie de ses valeureux habitans. Une mort
lente et d'autant plus horrible, puisque cet
affreux fléau la déterminait, réduisit bientôt
à un petit nombre les forces des ligueurs

La faim, l'affreuse faim les contraignit à
sortir de leurs murailles et à aller, en désespérés, le fer à la main, chercher dans le
camp ennemi de quoi satisfaire leur appé-
tit ou y trouver, par une mort inévitable et
glorieuse, un terme à leurs souffrances. Cette
ressource fut la seule que l'armée royaliste
ne s'obstina pas à leur refuser!!!..

Tristes effets d'une guerre civile, où le
père et le fils, s'armant l'un contre l'autre,
s'entr'égorgent! où le frère tue son frère; où
tout homme enfin, renonçant à ses affections les plus chères, pour se montrer fi-
déle sujet, devient criminel et mauvais ci-
toyen!!...

Ferdinand qui avait rêvé le bonheur, en
donnant son cœur à Angèle, et demandant
le sien en échange, n'avait-il pas été déçu
dans ces mêmes rêves de bonheur, par suite

de cette divergence d'opinions religieuses qui existait entr'eux, et des conséquences immédiates qui en étaient la suite dans ce temps de fanatisme? Cette jeune personne, imbue des maximes de l'époque, ne lui avait laissé qu'un faible et vain espoir de goûter un jour la félicité qu'il désirait si ardemment.

Pénétrée du fanatisme des ligueurs, mademoiselle Bompar, en lui laissant lire dans son cœur, lui avait dit : « *Abjurez le protestantisme, et je vous nommerai mon époux.* »

Telles avaient été ses propres paroles. Elles étaient explicites, et ne laissaient aucun espoir de les voir se modifier.

Quoiqu'en y adhérant il dut goûter le parfait bonheur, Ferdinand n'hésita pas. Noble et vertueux, la rougeur de l'indignation avait coloré son front. «Ainsi, s'était-il dit, Angèle

ne m'aime pas... car s'il en était autrement,
elle ne me demanderait pas ce qui doit faire
mon déshonneur!!... Je l'aime... je l'adore ;
mais élevé dans la religion de mes pères,
moi qui en apprécie et respecte les doctri-
nes, j'irais abjurer une croyance qui selon
mon discernement est la meilleure de toutes!!... Non, non, jamais. Je ne deviendrai
pas à la fois, faux, apostat et fourbe. Qu'Angèle, si elle le juge à propos, me bannisse
de son cœur auquel je ne puis et ne dois plus
prétendre... Eh bien! la mort, une mort
trouvée au milieu des combats, compen-
sera mes chagrins, et fera cesser mes en-
nuis...»

Son regard si vif et si pétillant était devenu triste et mélancolique ; son front, naguère si uni, se couvrit de rides précoces, et

dans le silence des nuits, des larmes amères s'échappèrent souvent de ses yeux.

Ferdinand sentait bondir, dans sa jeune âme, regrets et souvenirs de son heureuse enfance, si brillante d'espoir pour l'avenir.

S'il avait eu encore un ami ; un ami qui le comprit et auquel il eût put confier ses chagrins; un ami sincère et généreux comme on en rencontre rarement, et dans le sein duquel il eût pu répandre des larmes. Ah! du moins, alors, ses tourmens intérieurs auraient été allégés, ses angoisses diminuées... Mais, hélas! ce bonheur ne lui était pas réservé!!!..

L'état de disette dans lequel se trouvaient être les assiégés, s'étendait indistictement sur tous, et le rang, ou la fortune, les soumettaient également à l'affreuse loi de la faim. La famille Bompar, non moins exempte que les autres, subissait les conséquences de cette position avec leurs co-religionnaires renfermés dans Paris.

Monsieur Bompar, ce zélé partisan de la ligue, avait perdu son heureux enjouement, et sa pauvre femme n'avait plus cet embonpoint, qui long-temps avait fait ses délices en lui valant plus d'une galanterie. Pour ce qui est d'Angèle, toujours ferme dans sa croyance, toujours pleine de confiance en la ligue, elle supportait tranquillement et avec résignation les tribulations du siége.

« Bientôt, disait-elle à ses parens, bientôt le duc de Mayenne, notre digne chef, reprendra le dessus sur ce tas d'hérétiques, et Paris redeviendra riche et florissant : tandis que ceux qui l'assiègent maintenant, iront cacher leur honte loin de cette terre arrosée de leur sang, et témoin de leur défaite. »

C'est ainsi que cette jeune fille, dont le caractère devenait de plus en plus exalté, ranimait l'espoir prêt à s'éteindre de ses parens, qui n'envisageaient plus qu'avec un sentiment d'effroi, les horreurs de la misère et de la faim qui les accablaient eux-mêmes comme tous ceux qui les entouraient. Eux pourtant qui avaient vécu dans l'opulence; eux pour qui la fortune s'était montrée si prodigue. Devaient-ils enfin connaître l'infortune!!...

Cependant, malgré son apparente fermeté, Angèle avait des instans où la faiblesse naturelle à son sexe reprenait le dessus. Le souvenir de Ferdinand était trop profondément gravé dans son cœur, pour que l'absence le lui eut fait oublier si promptement.

Il lui avait donné son amour, et en échange, elle n'avait pas cru devoir lui refuser le sien.

Voisins, souvent, dans leur enfance, ils avaient joué ensemble. Ce que l'un possédait appartenait à l'autre, et cette communauté d'intérêts, comme on le voit, avait eu lieu bien avant que Ferdinand lui eut dit : *Je vous aime.*

Parmi les seigneurs qui fréquentaient la maison de son père, aucun n'avait un son de voix plus doux, des yeux plus expressifs, une tournure plus distinguée, une mise plus élégante ; et Angèle, ne manquant pas de sagacité, avait remarqué tout cela.

« Quel malheur qu'il soit protestant, se disait-elle, il aurait reçu ma foi ; je lui aurais commis le soin de ma destinée ; toutes mes affections auraient été à lui... Mon père, ma mère et moi, eussions trouvés en lui un sou-

tien, un vengeur!!... S'il allait mourir sans
que la lumière céleste ne vienne dessiller ses
yeux!... O mon Dieu! ne le permettez pas;
faites qu'il rentre dans votre sainte Église :
exaucez la prière de votre servante!!...»

Dans certains momens, Angèle se montrait femme; mais peu d'instans après, se
repentant de sa faiblesse, elle se méprisait,
se fesait honte à elle-même, et se jetant sur
son prie-Dieu, priait le Seigneur de lui pardonner d'avoir conçu la coupable pensée de
s'unir de corps et de bien avec un hérétique,
à un homme maudit du Créateur, à un relaps
pour qui le pardon n'existait ni en ce monde
ni dans l'autre.

Le chevalier de Mercœur fesait de fréquentes visites à la famille Bompar, et, par
son dévouement à la cause de la ligue,
ranimait le courage prêt à s'éteindre du

confiseur et de sa douce compagne. Il réunissait ses efforts , et ajoutait ses soins à
ceux de celle qu'il regardait comme le modèle de toutes les vertus.

Angèle ne se montrait pas indifférente à
ces témoignages non équivoques d'un bien
sincère attachement voué par le chevalier à
sa famille. Elle lui en exprimait sa gratitude avec tout l'élan d'un cœur sensible,
toute la force d'âme qui lui était naturelle.

Mais ce n'était pas de la reconnaissance
que voulait Mercœur. C'était plus encore....
Ce qu'il demandait , c'était de l'amour !!!...

VIII

Défenseurs de la Foi.

Le zèle des Parisiens à défendre leurs remparts, contre les forces de Henri, tenait beaucoup du fanatisme, poussé à l'extrême. On prit un soin infini à leur persuader le danger qu'il y aurait pour la France

et la religion , si on consentait à reconnaître
pour roi un prince qui professait ouvertement le calvinisme; et qui ne manquerait pas,
à son avènement au trône, de contraindre
tous les vrais chrétiens à abjurer leur foi, afin
d'éviter les persécutions de tout genre que
leur ferait souffrir ce serviteur de Satan.

Les chefs de la ligue eurent recours à la
Sorbonne, dont les membres se composaient des plus fanatiques ligueurs.

Le 7 mai 1591 , ils publièrent un décret
par lequel on déclarait : « *Que Henri, relaps*
et hérétique, nommément excommunié par le
très saint père le Pape, il y aurait danger émi-
nent qu'il ne trompât l'Église et ne ruinât la re-
ligion Catholique, s'il impétrait extérieurement
son absolution; les Français sont obligés en
conscience d'empêcher de toutes leurs forces
qu'il ne parvienne à la couronne, au cas que le

roi Charles X (Le cardinal de Bourbon),
vienne à mourir, ou même à lui céder son droit;
que comme ceux qui favorisent son parti, sont
continuellement en péché mortel, qui les rend
digne des feux éternels, aussi ceux qui persé-
véreront à leur résister jusqu'à leur mort,
comme défenseurs de la foi, emporteront la
palme du martyre. »

Puis eut lieu une assemblée à l'Hôtel-de-
Ville, où tous ceux qui y assistèrent jurèrent
qu'ils aimeraient mieux mourir, que de
consentir à se voir gouverner par un prince
hérétique.

On fit ce serment sur les saints Évangiles,
entre les mains du légat, aux pieds du grand
autel de Notre-Dame de Paris. Puis on fit
une procession qui se composait de tous les
ecclésiastiques, dès princes et princesses, de
toutes les compagnies, des évêques, des co-

lonels , des officiers et d'une grande quantité de peuple qui y assista , et on porta les
châsses de toutes les églises de Paris.

Rédigé par écrit , ce serment fut porté par
les dizeniers dans toutes les maisons et on
obligea tous les partis à le tenir.

Le parlement rendit un arrêt portant défense , sous peine de la vie , de parler d'ar-
rangement avec le roi de Navarre. Tous les
prédicateurs les plus célèbres prêchèrent
pendant le siège. Panigarole, cordelier, évêque d'Ast , le jésuite Bellarmin , théologiens
du légat Caïetan , prêchèrent également.

Pour fortifier le peuple dans sa croyance
et le déterminer à mourir plutôt que de se
rendre à un hérétique , plus de douze cents
ecclésiastiques séculiers et religieux , parmi
les ordres les plus sévères, tels que les char-

treux, minimes, capucins et les feuillans, se
réunirent et formèrent une procession. Elle
était précédée d'une bannière, couverte de
reliques et des images de la Sainte-Vierge,
devant laquelle marchaient des fantassins.

La marche était ouverte par Guillaume
Rousse, évêque de Senlis, afin de montrer
au peuple que le motif de cette guerre étant
la religion, leur ministère ne les empêche-
rait pas de combattre, et que leur résolution
était irrévocablement prise de mourir pour
la foi.

Ainsi des hommes, se disant les ministres d'un Dieu bon et plein de miséricorde,
qui sous ce rapport devaient chercher à ra-
mener, par des paroles de paix et de con-
corde, des esprits déjà si exaltés, flattaient au
contraire leur haine contre un homme dont

le plus grand crime, à leurs yeux, était la différence de religion.

Et ces prêtres qui représentaient le Christ comme terrible en sa vengeance, ne se rappelaient donc pas que le Sauveur du monde, étant sur la croix et avant de mourir, avait pardonné à ses bourreaux ; eux ministres de paix ; eux qui devaient se conduire à l'exemple de leur souverain et lui obéir aveuglément, en se montrant indulgens pour les erreurs ou les fautes des autres ; levaient imprudemment le drapeau de la rébellion et par cela même, se montraient indignes du nom de chrétiens.

Ils disaient effrontément et avec un sourire atroce : *Tuez ces hérétiques et vous irez au ciel!!!..*

Dignes paroles de ces hommes qui, aux pieds des autels et devant le tribunal de la pénitence, ont toujours formé de perfides desseins, préparé de coupables intrigues et dont les crimes abominables, couverts du manteau d'un zèle religieux, ont porté le trouble et la discorde d'un pôle à l'autre, et ensanglanté les états. N'est-ce pas les crimes de ces hommes ambitieux et fourbes qui ont déshonoré les empires, fait presque toujours le malheur des peuples et des souverains? Henri III, ne fut-il pas assassiné par Jacques Clément, jésuite; Henri IV, par Ravaillac, jésuite; et Louis XV, ne faillit-il pas l'être par Damien, affidé des jésuites?....

Ainsi donc, toujours les prêtres, toujours la religion suscitant des troubles et des crimes!!!..

Mais revenons à Paris.

Ce n'était plus cette capitale naguère si tumultueuse et si brillante; ce n'était plus cette grande cité se livrant à tous les plaisirs imaginables, inventés par l'industriel pour arracher quelques bribes aux riches. La joie bruyante, ou les ris, les doux propos, ou les bals n'invitaient plus à de joyeux quadrilles. On ne voyait plus de mère tressant la couronne nuptiale de sa fille, ni de préparatifs de fête. Là où la joie brillait, maintenant la tristesse ; là où se trouvait l'abondance et le superflu, maintenant la misère et le manque total d'alimens.

Paris était en proie à la famine. La faim, l'affreuse faim, diminuait de jour en jour et d'une manière effrayante le nombre de ses habitans. Les magistrats n'avaient plus les moyens de fournir du pain, ni d'alimenter cette immense cité; et des familles entières, en proie au besoin, succombaient d'inanition.

Bientôt on ne rencontra plus dans les rues

que des corps pâles et décharnés, l'œil ha-
gard, les jambes tremblantes et ployant sous
le poids débile d'un fantôme d'existence. Les
maisons, entièrement abandonnées par suite
de la mort de ceux qui les habitaient, devinrent la demeure de reptiles immondes qui
y fixèrent leur séjour, et disputèrent ensuite aux assiégés leurs faibles moyens d'existence.

Quelle position!!!...

Cependant le génie inventif de l'homme
ne devait pas être mis en défaut; il se montra
en cette circonstance, et ce fut encore un
prêtre qui trouva le moyen de prolonger de
quelques heures la frêle existence de ses
concitoyens.

On fabriqua du pain avec du son, mêlé
de poussière d'ardoise, une certaine quantité
de foin et de paille hachée; et chaque

habitant allait le matin chercher sa modi-
que portion qui devait faire subsister sa famille.

Il n'était pas permis à ces malheureux de
se plaindre : le plus léger murmure était
sévèrement réprimé et puni. Aussi, durant
le jour, se traînaient-ils dans les rues silen-
cieusement ; et le soir, moment convulsif,
grinçant des dents, désespérés et frénétiques, poussant des cris aigus, poignans,
des cris faisant tressaillir et frémir ceux qui
les entendaient.

Combien il est épouvantable et horrible
à voir le délire du désespoir ! Combien ils
sont coupables ceux qui pouvant l'empêcher
le provoquent !!!....

Rois de la terre, c'est à vous que s'adres-
ent les imprécations du peuple !!... Finirez-

vous par les entendre et comprendre la
sainteté de vos devoirs !!!....

Nous voudrions ne pas émettre le doute.

Que de choses inouïes se sont passées pendant la durée de ce siège : que de dévoue-
mens héroïques et que d'actions affreuses
en même-temps.

Les circonstances devinrent telles, que
des couleuvres et des serpens, engendrés
dans les décombres; dévorèrent les cadavres
restés sans sépulture; que le repos de la
mort fût profané au cimetière des Innocens
où des hommes, presque fous et demandant du pain et de la viande, déterrèrent
des cadavres que dans d'autres temps aussi
terribles on avait su respecter et qu'ils les
mangèrent !!...

Oui, les morts servirent de nourriture
aux vivans !!!..

Et pendant que le bon peuple de Paris dépérissait, tout était en abondance au camp de Henri de Navarre. Le vin, les mets les plus succulens couvraient et abondaient à sa table. Les propos les plus joyeux, les plus galantes aventures charmaient, tour à tour, les loisirs des convives du Béarnais.

Combien ce contraste, en faisant pitié, inspire de pénibles et douloureux souvenirs !!!....

IX

Dévoûment d'un jeune Villageois.

Après avoir rapidement esquissé le commencement des horreurs de ce siège épouvantable, il est temps que nous prenions
quelques instans de repos et que nous par-
lions de l'amant de la belle Angèle.

Ferdinand n'ignorait pas l'affreuse position
des assiégés , et s'il contribuait valeureuse-
ment au succès de la cause de Henri , il n'en
gémissait pas moins sur les moyens extrêmes qu'on employait pour les réduire. Les
personnes qu'il chérissait le plus au monde,
les seules qui réellement le faisaient tenir
à la vie , se trouvaient renfermées dans les
murs de Paris , et sachant les rigueurs qu'on
exerçait contre les catholiques , connaissant
les souffrances auxquelles on les assujétis-
sait , il ne pouvait que gémir et former des
vœux sincères pour la cessation d'un pareil
état de choses.

Toutefois , et comme dans les circonstances du moment, des vœux ne pouvaient
suffire pour les empêcher de mourir de faim;
il songea sérieusement aux moyens de prolonger leur existence.

« Mais ne serait-il pas trop tard, et, depuis long-temps, n'auraient-elles pas succombées, se dit-il à lui-même. » Le moyen de s'en assurer n'était pas facile : cependant il fallait s'en occuper.

Connaissant parfaitement le caractère des membres de la famille Bompar, il savait que, zélé partisan des principes de la ligue, le chef de cette maison ne consentirait jamais à renoncer à ses plus douces espérances, et qu'il succomberait tout le premier plutôt que de dévier du plan qu'il s'était tracé.

Quand à madame Bompar, épouse et mère, il prévoyait qu'elle hâterait elle-même l'instant de sa mort par le tourment qu'elle éprouverait relativement à la position de son mari, ainsi que de celle de sa fille chérie.

Seul et retiré dans sa chambre, ce bon jeune homme conçut un jour une pensée digne de lui. Les paysans chez lesquels il logeait en ce moment, loin d'être partisans de Henri et de sa cause, lui avaient fait confidence qu'ils maudissaient, au fond de leur cœur, ce siège qui les fesait beaucoup souffrir eux-mêmes.

Ferdinand résolut de se confier à eux pour l'entreprise qu'il méditait, et celà parceque, nonobstant les qualités essentielles qui les distinguaient, il avait remarqué en eux beaucoup de discrétion.

Jean, fils de la maison, garçon de vingtans, d'un extérieur agréable, doué de beaucoup d'agilité et d'une certaine force physique; ayant un caractère entreprenant, beaucoup de hardiesse et de bravoure, lui parût être son fait.

— Écoute, Jean, veux-tu me rendre

un important service, lui dit-il un jour.

— Oh! de tout mon cœur, monsieur, si cela dépend de moi.

— Eh bien! procure-moi pour cette nuit une échelle, une très grande et forte corde, une blouse et des sabots.

— Pourquoi donc faire, dit le jeune paysan dont la figure s'était rembrunie, pensant que c'était un piège qu'on lui tendait pour juger de sa fidélité et de sa soumission au roi de Navarre.

— Tu veux donc savoir pourquoi je te fais cette demande ?

— Mais certainement oui, ne vous en déplaise. A moins toutefois que, comptant sur ma simplicité, vous ne vouliez me faire

prendre en flagrant délit par les espions du
roi de Navarre.

—Quelle idée !!...

—Ça en est une comme une autre.

—Oui ; mais elle est peu honorable pour
moi.

—Que voulez-vous. Nous sommes dans
un temps où l'espionnage est non seulement
encouragé ; mais encore récompensé et ho-
noré. Il est donc bien permis d'être sur
ses gardes.

—Mais enfin...

—Je connais toute la rigueur des ordres
qui ont été donnés et suis persuadé qu'on
ne manquerait pas de m'en faire l'appli-
cation si j'étais pris en défaut.

—Tu penses donc que je suis capable de chercher à te compromettre ?...

— Je vous crois honnête homme ; mais peut-être que l'excès de votre zèle et mon manque total de prudence nous compromettraient l'un et l'autre. C'est ce que nous avons intérêt à éviter.

— Tu as raison ; mais...

— Alors vous ne devez pas m'en vouloir, si je fais preuve de prudence...

— Non, sans doute, cependant...

— Eh bien ! monsieur, comme il vous plaira. Vous êtes encore maître de votre secret. Si vous me jugez digne de votre confiance, j'ai le droit de la demander sans restriction aucune : dans le cas contraire, nous pouvons en rester là.

— Brave jeune homme...

— Ainsi, si je puis faire ce que vous dé-
sirez, je vous promets tout le zèle dont je
suis capable : s'il en était autrement, comp-
tez sur ma discrétion.

— Dans ce cas, prête-moi toute ton attention.

— Je vous écoute.

— Paris, tu le vois, bloqué de toutes
parts et en proie à la famine devient le tombeau de presque tous ses habitans.

— Hélas ! je ne le sais que trop.

— Parmi ces malheureux que la mort
moissonne journellement, il en est que jusqu'à ce jour elle a épargnée, qui me sont

bien chers et que je voudrais arracher à une mort certaine.

— Comme vous , je compte dans la capitale quelques amis, et comme vous aussi je voudrais pouvoir les soulager.

— Saches que c'est à toi seul que ce secret est confié, et qu'il est essentiel d'agir avec le plus grand mystère.

— J'ai répondu à votre confiance par un commencement d'épanchement semblable au vôtre, c'est vous donner la preuve d'une identité parfaite de sentimens.

— Cela est vrai. Je te demande pardon si, dans ma préoccupation, la suite de ma confiance n'a pas répondu suffisamment à ton aveu. Tant mieux qu'il y ait analogie entre nous

— Eh bien !

— J'ai résolu de pénétrer nuitamment dans la ville, et d'y introduire quelques vivres dont manquent sans doute mes amis.

— Mais êtes-vous bien certain de réussir ; ne craignez-vous pas que la garde qui veille autour des remparts ne vous surprenne, et par cela même ne vous conduise au camp, où le conseil de guerre, toujours en permanence, ne manquera pas de vous condamner à perdre la vie.

— Je connais toute la sévérité des lois militaires et la barbarie des ordres du roi de Navarre. Cependant, je dois t'en faire l'aveu, l'espoir de réussir, l'idée d'arracher à une mort certaine des êtres que je chéris tendrement, sont des motifs plus que suffisans pour me déterminer à tenter cet essai.

— Votre résolution est louable; mais le péril...

— Est grand, je ne saurais en disconvenir : mais un soldat, tu le sais, ne recule jamais devant le danger.

— Cependant, monsieur...

— Tu dois présumer assez de mon expérience et de ma raison, pour croire que je ne me suis décidé à en agir de la sorte qu'après avoir bien mûri mon plan.

— Oui, sans doute; mais...

— Ma résolution est difinitivement prise, et toute observation tendant à m'en détourner serait inutile.

— Permettez...

—Je te l'ai dit, ma détermination est ir-
révocable.

— Il paraît que vous y tenez...

— Oui.

— Mais ne pourrais-je du moins savoir le
nom de vos amis?

— Qu'à cela ne tienne.

— Eh bien !

— La famille Bompar.

— Plait-il ?

— Hem !!...

— Comment avez-vous dit?

— La famille Bompar.

— Monsieur Bompar, confiseur, demeu-
rant en face Saint-Méry?

— Lui-même.

— Tant mieux.

— Pourquoi cela?

— Parce que je le connais.

— Tu le connais!!...,

— Beaucoup, et je lui ai en outre des obligations.

— Je suis bien aise de connaître cette
circonstance là.

— Monsieur Bompar est mon parrain et de
plus le protecteur de ma famille. C'est aux
soins obligeans, à la bienfaisance de son es-
timable et intéressante fille, que nous sommes redevables d'être devenus propriétaires
de cette belle ferme.

— Tu connais donc aussi Angèle?...

— Ma mère fut sa nourrice.

— Puisqu'il en est ainsi, plus de con-
trainte entre nous.

— Je le veux bien. Donnez-moi vos ordres et je vous obéirai comme à mon général.

— Pour te prouver que je ne manque
pas de prudence, je commencerai par te
dire que, feignant d'avoir une indisposi-
tion, j'ai obtenu de garder la chambre.

— A quoi bon?

— Afin d'avoir plus de liberté.

— Je commence à comprendre.

— Comme mon projet ne peut se réaliser

que la nuit, je serai moins dans le cas d'être observé.

— C'est cela; mais quels sont vos moyens?

— Les voici : Il est, du côté de l'Est de Paris, un endroit où l'on a oublié de mettre des chaînes. Le mur est moins élevé et par conséquent plus accessible.

— Eh bien !

— A la faveur de la nuit, nous nous approcherons de ce mur; nous y placerons notre échelle, et lorsque je serai parvenu au haut tu monteras, à ton tour, avec le panier de vivres, qu'au moyen de la corde je glisserai dans la place ; puis tu m'aideras à faire passer l'échelle par dessus le mur; je descendrai, et, à ton tour et en retirant l'é-chelle, tu resteras dans les environs afin d'être à portée d'apercevoir le signal que je ferai, et faciliter enfin mon retour au camp.

— Ce plan est habilement conçu, il ne manque plus qu'à le voir réussir.

— Tu l'approuves donc?

— Oui, en partie.

— Comment!....

— D'abord votre uniforme vous fera reconnaître pour un officier de l'armée royaliste.

— Aussi ne l'aurai-je point sur le corps; mais bien la blouse que je t'ai demandée.

— Ah!

— Ainsi déguisé, il me sera facile, sans

courir le moindre danger, d'arriver jusqu'à
nos amis.

— C'est très-bien. Toutefois il y a encore
quelque chose que je n'approuve pas.

— Qu'est-ce donc?

— De vous voir ainsi vous exposer à une
mort certaine.

— Jean, n'auriez-vous cherché à connaître mon secret que pour être mieux à même
de m'opposer des difficultés!!...

— Non, monsieur, telle n'a pas été mon
intention.

— Pourtant...

— Je veux vous prouver que je ne me dé-
voue jamais à demi.

— Quel est ton projet?..

— De me mettre à votre lieu et place ; en un mot, d'aller moi-même porter le panier de vivres.

— Y penses-tu!!...

— C'est parce que j'y ai sérieusement réfléchi que je veux en agir ainsi.

— As-tu pu croire que j'y donnerais mon assentiment.

— Il le faudra pourtant bien.

— C'est impossible.

— Pourquoi cela?

— Parce que tu as un père, une mère, une famille enfin, et que je ne consentirai jamais à contribuer à les priver de ton appui.

— Si ma famille connaissait ma résolu-

tion, elle l'approuverait; car elle est la conséquence immédiate de ma reconnaissance
envers nos bienfaiteurs.

— Ces sentimens te font honneur.

— Mais vous, monsieur, qui me parlez de
famille; pensez-vous que vos devoirs envers
la vôtre soient moins sacrés que les miens?
Non, monsieur, non, ils le sont tout autant,
et quoique nos principes religieux et politiques diffèrent, je n'en persiste pas moins à
vous prouver que les honnêtes gens s'enten-
dent toujours, lorsqu'il s'agit entr'eux de
faire une bonne action.

— Tu as raison, Jean, s'écria Ferdinand
en le pressant vivement contre son cœur.
Dès ce moment, tu seras mon seul, mon unique ami.

— Monsieur, à la vie et à la mort.

— Ta famille deviendra la mienne ; car depuis long-temps je n'en ai plus.

— Vous êtes officier français, et, à ce titre, le roi et la patrie vous ont adopté.

— L'un et l'autre sont quelquefois ingrats.

— Tant pis. Mais alors notre conscience nous venge. »

Ferdinand embrassa avec effusion son nouvel ami ; puis ils se séparèrent pour s'occuper, chacun en ce qui le concernait, des préparatifs à faire pour mettre à exécution leur projet.

Ferdinand attendit la nuit avec un sentiment d'impatience mêlé de crainte. D'heure en heure, son agitation augmentait visible-

ment ; car il n'ignorait pas le danger auquel
il s'exposait, non plus que l'étendue du précipice qu'il creusait sous les pas de Jean ; de
ce brave et digne villageois qu'il entraînait
à une perte certaine, s'ils venaient à être dé-
couverts. Cette idée qu'il pouvait être la
cause de la mort de ce bon jeune homme le
torturait et lui ôtait tout le charme qu'il eût
ressenti en songeant que, par lui, Angèle et
sa famille verraient diminuer de beaucoup
les horreurs de ce siège fatal.

Cependant, le soleil plongea dans le vaste
Océan, et la sombreté de la nuit remplaça
la clarté du jour. La lune, en paraissant,
loin de montrer son disque argenté, entou-
rée et couverte d'épais nuages, et répandant
une teinte lugubre sur la terre, sembla vouloir protéger son audacieux projet.

Enfin minuit sonna et Jean, portant avec

lui ce qui devait faciliter l'exécution de cette
entreprise hardie, se présenta devant l'officier de l'armée royale dont il était devenu le
compagnon et le complice. Celui-ci voulut,
mais en vain, le détourner de sa résolution:
Le brave villageois qui avait aussi ses motifs
pour en agir de la sorte, insista et détermina
Ferdinand à y acquiescer.

Ils sortirent par les derrières de la cour de
la ferme et se dirigèrent vers le lieu convenu,
Ferdinand vêtu d'une blouse, ayant des sabots à ses pieds et portant l'échelle sur ses
épaules; Jean, le panier de vivres sur la
tête et un énorme paquet de cordes autour
du corps. Ce dernier ouvrait la marche et
portait en outre une lanterne sourde qui
éclairait faiblement leurs pas.

Ferdinand et son compagnon, marchant
avec précaution, passèrent près des tentes

où dormaient en paix et profondément les
troupes de Henri, exténuées des fatigues de
la journée ; car elles fesaient un service ex-
trêmement pénible.

Autour de nos deux aventuriers, tout
était calme. La tranquillité la plus parfaite,
régnait dans le camp, et le pas seul des factionnaires en troublait la monotonie.

Ils suivirent avec précaution des sentiers
que Jean connaissait parfaitement, qui devaient, par leur direction, abréger de beaucoup leur route et leur faire éviter d'approcher de trop près, ou même d'arriver sur les
factionnaires, qui, de cinq minutes en cinq
minutes et se conformant à la consigne,
fesaient entendre les cris de : *Sentinelle pre-
nez garde à vous.*

Ces soins n'étaient pas superflus; car, dans
le silence de la nuit, les factionnaires, pré-

tant une oreille attentive, n'eussent pas manqué de les découvrir et de faire feu sur eux.

Ils arrivèrent enfin, et sans accident, au lieu que Ferdinand avait désigné comme le plus propice à la réussite de cette entreprise.

Ici recommença, entre les deux compagnons, une nouvelle contestation sur la prééminence à accorder: Chacun revendiquant le droit de pénétrer dans la place; mais cette discussion qui honorait également les deux adversaires, tourna encore à l'avantage de Jean, qui parvint à convaincre Ferdinand qu'il était plus convenable que ce fut lui qui se chargeât de cette commission.

Plaçant donc l'échelle contre le mur et avec précaution, comme cela avait été convenu à l'avance, le filleul de M. Bompar,

franchit le rempart, et pénétra dans l'intérieur de Paris, où, portant avec lui un
énorme panier rempli de vivres et chargé
d'une lettre pour mademoiselle Angèle, il
fut témoin oculaire des tortures affreuses
que la faim fesait ressentir à ses co-religionnaires.

« Comment est-il possible, s'écria - t - il,
dans un moment d'entraînement, que des
hommes nés sous le même ciel, appartenant
à la même patrie, puissent ainsi et de sang-
froid, sous le puéril prétexte de divergence
dans leurs croyances religieuses, s'entr'é-
gorger au nom d'un Dieu de paix et misé-
ricordieux; et vous, ô mon Dieu, puisque
vos ministres vous disent infiniment bon,
comment se fait-il que vous tolériez de semblables horreurs!!.. »

Les membres de la famille Bompar, reçurent avec un sentiment de joie, mêlée de reconnaissance, le secours bienfaisant que le ciel leur envoyait en ce moment. Ils en exprimèrent leur entière gratitude au jeune villageois qui s'était ainsi exposé à une mort certaine, pour atteindre un but si honorable. Cette joie, pourtant, et cette reconnaissance, furent tempérées quand ils surent que Ferdinand, auteur de ce projet, en avait conçu et dirigé l'exécution.

— « Si ce n'était toi qui nous apporte ces vivres, dit M. Bompar, et quels que soient les besoins que nous en éprouvons, nous les eussions refusés.

— Pourquoi cela?

— Parce que nous ne voulons rien devoir à un hérétique.

— Quoique calviniste, M. Ferdinand, croyez-moi, vous aime et vous honore.

— Nous n'avons que faire de ses respects et de sa tendresse, s'écria madame Bompar; l'affection d'un ennemi de notre sainte religion, ne peut que porter malheur à ceux qui en sont l'objet, et, jusqu'à ce jour, ses pareils nous ont fait assez de mal.

— Il est vrai que les rigueurs qu'ils exercent, en ce moment, contre les habitans de la ville et contre nous-mêmes qui vivons dans les champs, moins malheureux que vous, sans contredit, ne sont nullement excusables. Cependant, je dois vous le déclaclarer, celui qui m'envoie auprès de vous et qui aime éperdument mademoiselle Angèle, tout en n'appartenant pas à l'Eglise catholique apostolique et romaine, n'en

professe pas moins des sentimens fort honorables.

— Ces gens-là, répliqua le confiseur, sont
incapables de concevoir l'idée d'une bonne
action.

— Généralement parlant , mon cher parrain , vous pourriez avoir raison; mais, vous
le savez mieux qne moi, il n'y a pas de ré-
gle sans exception , car vous voyez qu'il est
l'auteur et le moteur de celle-ci. »

On voit que le gros bon sens villageois do-
minait le caractère de Jean. Il eût à soutenir,
dans cette circonstance, le choc de deux
personnes, qui à l'envie l'une de l'autre, blas-
phémaient contre les huguenots.

Quant à Angèle , elle prit peu de part à la
conversation et répondit au billet de Ferdi-

nand. Elle lui renouvela ce que déjà, à Paris
et à Blois elle lui avait dit : « *Qu'il fallait
pour obtenir son cœur et sa main, qu'il abjurât
la religion de Calvin et se fit catholique.*

Pendant que les choses se passaient ainsi
à la maison Bompar, l'officier de l'armée
royale, Ferdinand, resté non loin du lieu
où Jean avait franchi le mur d'enceinte,
fesant les cent pas, en proie à une inquié-
tude extrême, comptait avec angoisse les minutes qui s'écoulaient, et attendait avec
anxiété le retour du bon villageois.

Des patrouilles fréquentes, en passant
près de lui, venaient redoubler ses craintes ;
car si lui et son compagnon eussent été dé-
couverts, la mort devenait leur partage. Et
alors, avant de la subir, combien n'eût-il
pas eu à gémir d'avoir occasionné la perte
d'un jeune homme, l'espoir de sa famille, et

prêt à épouser une femme dont il était tendrement aimé!!!..

Ces réflexions le conduisirent jusqu'à s'accuser de lâcheté, pour avoir cédé si facilement aux instances de Jean et à se croire destiné à faire le malheur d'une famille entière, comme de tout ce qui l'approcherait à l'avenir.

En proie à de vifs regrets, pensant à son amour et aux conséquences de sa position, Ferdinand s'assit derrière un buisson, et, quoique guerrier, répandit un torrent de larmes.

Ses parens avaient supporté avec résignation et courage les persécutions dont les protestans avaient été abreuvés ; presque tous étant morts martyres de leur croyance religieuse. Le destin, en opposition avec ce qui aurait dû arriver, avait voulu qu'il aimât

une catholique et que , par suite de son
amour , il sentit faiblir en lui toute la haine,
qu'en naissant, il avait vouée aux persécu-
teurs, aux assassins de ceux qui lui avaient
donné le jour où qui lui tenaient de près par
les liens du sang : n'était-ce pas jouer de malheur!!...

Quelle affreuse situation que la sienne!!!..

Il en était là de ses tristes et douloureuses
réflexions , quand le signal convenu entre
lui et Jean se fit entendre , et le rappela à
une partie de ses devoirs.

Ferdinand se rapprocha des murs d'enceinte , plaça son échelle contre , et aida le
villageois à les franchir une seconde fois; puis,
usant des mêmes précautions , ils rentrèrent
dans la ferme , avant le jour et sans avoir été
aperçus de qui que ce soit.

X

La Mère et son Enfant.

Cependant la famine continuait à exercer
ses horribles ravages. Les faubourgs ayant
été pris par l'armée royale, dès le commencement du siége, les Parisiens se virent res-
serrer dans la ville et privés d'en sortir ·

comme ils l'avaient fait jusqu'à ce moment ,
pour aller chercher des herbes et des racines
dans les fossés.

Les chevaux, les ânes, et les chiens,
pendant un certain temps , leur servirent de
nourriture et plus tard, lorsque ces ressources vinrent à manquer , on eût recours aux
rats, aux souris et même aux peaux et aux
cuirs : ces objets de dégoût, en d'autres temps,
furent dévorés et occasionnèrent souvent,
entre les assiégés, des motifs de sérieuses
discordes ; car ils se les disputèrent comme
s'ils eussent été des mets délicats.

Puis et au pain dont nous avons parlé,
composé de poussière d'ardoise , d'avoine ,
de son et de paille , on en substitua un autre
fait d'ossemens humains broyés et réduits en
poudre : telle fut la nouvelle farine que l'intelligence des hommes inventa!!...

Notre plume se refuse à tracer ici toutes les horreurs de ce siège abominable, entrepris pour conquérir un royaume, par celui que l'histoire nous désigne comme le meilleur de nos rois ; et pourtant nous ne pouvons passer sous silence quelques-uns des faits qui le caractérisent le mieux, et donnent une idée exacte des sentimens qu'éprouvait pour son peuple celui qui le dirigea.

Parmi ceux que l'historien impartial nous a transmis, et qu'à notre tour nous croyons devoir livrer aux commentaires de ceux qui prônent les vertus du Navarrois, il en est un que ses partisans ne récuseront pas, et qui, à lui seul, suffirait pour appeler sur la tête de ce roi les malédictions du pays.

Une femme, plus à plaindre qu'à blâmer, renouvela, dans cette circonstance,

les horreurs du siège de Jérusalem. La faim ,
l'affreuse faim , en déchirant ses entrailles ,
la contraignit à commettre une action horrible et contre nature.

Cette femme était l'épouse d'un boulan-
ger qui, comme la plupart des bourgeois ,
avait pris les armes contre Henri. Atteint
d'un coup de feu dans le flanc et dans l'une
des rencontres avec l'ennemi , il était mort
des suites de cette blessure. Avant de mourir , cet homme exhala toute sa haine contre
les oppresseurs de son pays et ses co-religionnaires , et fit jurer à sa femme une
aversion semblable à celle qu'il leur avait
voué.

L'épouse , éplorée et exaltée par les ser-
mens des ligueurs , promit et jura de tenir
fidèlement son serment.

Elle avait un enfant , fruit d'une union

de si courte durée, un fils de quatre mois.

C'était tout son espoir !!!...

De jour entr'autre, elle allait exactement aux distributions chercher sa chétive subsistance...

Un matin, elle ne put obtenir du pain!!... Il fallait donc qu'elle restât deux jours sans alimens, et cependant elle était en proie aux horreurs de la faim!!!..

Après avoir erré à l'aventure dans les rues, s'être adressée à ceux qu'elle rencontra et qui étaient hors d'état de lui procurer les alimens qu'elle cherchait, parce qu'ils en avaient eux-mêmes un pressant besoin et lui auraient même disputés ceux qu'elle aurait pu avoir; elle rentra dans sa demeure où l'enfant, de son berceau, lui tendit ses petites mains suppliantes et demanda aussi sa nourriture.

Elle le prend; elle le presse avec un mouvement frénétique contre sa poitrine, et tâ-
che d'étouffer ses cris perçans!!!..

Cette faible créature semble comprendre
sa mère. L'enfant paraît la deviner; sa bouche s'entr'ouvre; le sourire erre sur ses lèvres enfantines; il passe ses bras autour du
cou de sa mère, puis un sommeil tardif
vient apaiser ses jeunes et cuisantes douleurs!!...

Pauvre enfant, c'est son dernier sommeil!!!..

Il ne devait plus s'éveiller!!!..

Sa mere le regarde; elle le contemple,
et, malgré les privations qu'il a éprouvé,
elle s'aperçoit qu'il est encore frais et ver-
meil.

« Pourtant, il ne pourra résister long-
temps aux privations, se dit à elle-même

cette mère infortunée. Demain, il mourra et
ira rejoindre son père!!... »

Un sourire effrayant, infernal se fit jour
sur les lèvres de la figure pâle et cadavéreuse
de cette femme... de cette femme folle ; car
si elle n'eût pas perdue la raison, il ne lui
aurait pas été possible de concevoir une pensée si abominable!!!..

Elle dépose l'enfant loin d'elle, comme
pour éloigner de sa vue l'objet d'une dan-
gereuse préméditation, puis s'en rapproche
comme pour se familiariser avec elle. Elle
fait quelques tours dans la chambre ; mais
toujours et malgré elle son infernale pensée
la rapproche de l'innocente créature qui,
dans son sommeil, semble encore lui sourire.

Ses lèvres, à elle, pâles et décharnées, se

contractent hideusement et ses yeux creux
brillent d'un feu sombre!!...

Son parti est pris!!!...

S'approchant de l'enfant, elle le retire de
son berceau. L'inoffensive et innocente créature, entr'ouvrant les yeux, la regarde avec
crainte et lui tend ses petites mains.

Elle le met sur une table, saisit un coutelas
et le lui enfonce droit au cœur!!!...

Un gémissement faible et sourd, poussé
par cette victime d'un nouveau genre, apprend à sa mère qu'elle n'a plus d'enfant!!!
que tout pacte est désormais rompu entr'eux
deux!!!. que celui qu'elle a conçu, auquel
elle a donné le jour, la vie, et qui devait attendre d'elle appui et protection n'existe
plus!!!...

Cette mère n'a plus devant les yeux que
le cadavre de son jeune enfant!!!...

Et pourtant elle ne gémit pas... ne verse pas une larme!..

Insensible, elle le contemple durant quelques instans......

Puis et de sang froid, réunit des tisons, les allume, fait briller la flamme et rôtir ses membres encore chauds!!!...

Et de ce nouveau genre d'alimens, apaise cette faim... cette faim dévorante qui la tourmentait et l'a rendue infanticide!!...

Ensuite, craignant qu'on ne vienne lui disputer sa proie... de la chair humaine... elle en cache soigneusement les restes!!!....

Singulière précaution!!....

Mais peu à peu, ses esprits prirent le dessus et une idée confuse de ce qui avait précédé lui revint... Elle crut sortir d'un songe pénible et ses regards comme ses paroles la firent tressaillir ; car elle aperçut sur une table des marques non équivoques de ce qui s'était passé entre elle et son enfant!!!..

Il y avait du sang, sur cette table: d'où pouvait-il venir?...

Était-ce la vérité ou l'effet d'un songe, se dit-elle d'abord....... il ne pouvait y avoir doute!!...

Elle courut au berceau de son fils et ne l'y trouva pas!!..

Sur la table était encore, et teint de sang, le fatal couteau qui avait servi à égorger la victime!!!..

Et une odeur, une odeur de chair humaine rôtie lui fit d'abord sentir qu'il n'y avait pas d'erreur, mais bien réalité dans ce qu'elle pressentait!!..,

Puis et comme pour lui ôter jusqu'au moindre doute, des suffocations, des dou-

leurs d'entrailles, excitant au vomissement,
viennent lui confirmer l'horrible vérité de
ce qu'elle a fait!!..   .

Des sanglots s'échappent de sa poitrine ;
d'horribles convulsions s'emparent de sa
personne... Elle pousse d'affreux hurlemens;
elle se rue sur le plancher; ses lèvres se
couvrent d'écume et elle expire de douleurs
et de regrets!!!..

Cependant, des voisins incommodés par
cette odeur fétide, courent en informer l'autorité et comme à cette époque, quoique
moins bien rétribuée et moins nombreuse
que de nos jours, la police faisait son métier ;
qu'elle s'occupait moins de politique et veil-
lait davantage au bon ordre, à la propreté
des rues et à la sûreté des citoyens, elle s'em-
pressa d'adhérer à la demande qui lui fut

faite de pénétrer dans la maison qu'on lui désigna.

Ainsi voisins et agens de police arrivèrent pêle-mêle et frappèrent à la porte. Mais n'ayant pas obtenu de réponse de l'intérieur, d'après l'ordre du chef, on fit sauter les gonds et on se précipita dans la chambre.

L'armoire ouverte et les restes de l'enfant qui s'y trouvaient être placés frappent d'abord leur regards !!...

Cette cuisine flatte leur premier coup d'œil et la jugeant succulente, eux qui depuis long temps n'avaient fait bonne chère, ils se jettent précipitamment dessus et dévorent, en un instant, avec voracité et même en se querellant, tout ce qui restait de ce malheureux enfant !!!....

—Mais quel ne fut pas l'horrible sentiment

qu'ils éprouvèrent quand ils connurent l'affreuse vérité !!!...

Un cri d'horreur et d'épouvante se fit entendre parmi cette foule affamée, quand elle eût reconnue la nature du mets qu'elle venait de savourer. Elle se hâta de sortir, de ce lieu infect et souillé d'un crime horrible, avec plus d'empressement qu'elle n'en avait mis pour se précipiter, quelques instans avant, chez la veuve dans l'intention de la secourir !!!....

Comme on le voit, le fanatisme fut poussé alors à un si haut degré, qu'il rendit capable de tous les excès ceux qui en subirent la dure loi.

Des circonstances extraordinaires, des motifs bien puissans purent seuls contraindre les assiégés à en agir de la sorte ; car on

connait la nonchalance et l'égoïsme habituel
des Parisiens.

Quoiqu'habitués à vivre dans l'abondance, plutôt que de consentir à se rendre,
ils préférèrent s'imposer toutes les privations
les plus dures et se laisser même mourir de
faim. Il est vrai de dire aussi que les princesses, les dames de la cour et généralement
toutes les personnes qui, par leur rang ou
leur fortune, occupaient une position élevée
dans la société, contribuèrent beaucoup, et
par leur exemple, à cette espèce d'abnégation
qu'ils firent d'eux-mêmes.

D'un autre coté, les Seize, ayant repris
toute leur autorité sur l'esprit des ligueurs,
prirent grand soin d'empêcher les séditions.
Le moindre tumulte fut aussitôt réprimé et
ils poussèrent même la sévérité jusqu'à faire
jeter dans la Seine celui qui donnait lieu à

la moindre plainte ou osait parler d'accommodement avec le roi de Navarre , seul titre sous lequel il était permis de le désigner.

Les rigueurs de ce siège , que les fastes de l'histoire conserveront avec soin , furent plus ou moins funestes aux différentes classes de l'immense population de Paris , et si celle qui est le moins en butte aux horreurs de la misère ne souffrit pas autant que l'autre de la famine , elle en ressentit d'autres privations et d'autres chagrins qui la décimèrent également.

Il mourut , dit-on , plus de treize mille personnes de besoin : chose qui doit bien tourner à la louange de la chrétienté!!!...

XI

Amour et Fanatisme.

Cependant, la famille Bompar, grâce à l'ingénieuse attention de Ferdinand, se vit pendant quelque temps à l'abri de la disette. Le nom du bon jeune homme, d'abord prononcé avec humeur, finit par l'être

avec intérêt, et bientôt même par être vénéré
et béni : comment en aurait-il été autrement ?

De Mercœur en ressentit une secrète jalousie ; il envia la place de ce fortuné rival
qui était assez heureux pour pouvoir préser-
ver des horreurs de la faim la famille de celle
qu'il aimait ; mais doué de trop de délicatesse et possédant des sentimens trop élevés
pour lui en vouloir long-temps , il finit par
se rendre à l'évidence , lui accorda son estime et ne fut pas des derniers à se joindre à
la famille Bompar pour en faire le plus pom-
peux éloge.

Quant à Angèle , elle ne laissa pas apercevoir ce qu'elle éprouvait : elle renferma
soigneusement au fond de son cœur le nouveau sentiment qu'elle ressentit , et son âme

reconnaissante en aima, s'il se peut, davantage le compagnon de ses jeunes années.

Oh! quelle n'eût pas été la joie de Ferdinand, s'il avait pu la voir, pensive et
triste, relire le billet qu'il lui avait fait remettre par Jean; quel n'eût pas été son
bonheur, en voyant couler des larmes d'é-
motion des yeux de son amie,

Oui Angèle était fière, elle était heureuse
d'avoir donné son cœur à un homme qui se
montrait à la fois si courageux et si généreux.

« Il m'aime, se disait-elle, il m'aimera
toujours. Oh! mon Ferdinand, pourquoi
faut-il que je ne puisse t'appartenir! Ferdinand, que nous eussions été heureux ensemble.... Toi qui connais si bien mon cœur :
tu l'eusses satisfait par ton amour et ton respect!!.. Fatale divergence de croyances religieuses : vous seule serez cause de notre

malheur!... O mon Dieu, mon doux Jésus !
pardonnez-moi les murmures que j'ose faire
entendre : pardonnez-moi surtout d'oser penser à un hérétique que vous avez maudi
comme tous ses pareils!!!....Daignez jeter un
regard de compassion sur moi... sur moi,
indigne pécheresse qui ne peut chasser
cet amour qu'elle ressent au fond de son
cœur... Cet amour dont elle ne peut se
délivrer et qui la tourmente horriblement....
En vain fais-je tous mes efforts; ils sont im-
puissans : il est toujours là, devant moi......
Oh! je suis bien malheureuse!.. obligée de
détester celui qui soutient mon père, ma
mère, cette pauvre mère qui maintenant serait morte !!.. Oh ! non, jamais, c'est impossible : demandez-moi ma vie, mon Dieu, je
vous la donnerai... elle vous appartient;
mais pour le mépriser.... le haïr... jamais...

jamais... et le pourrais-je?.... D'ailleurs ,
j'y songe, je vous ferais horreur, si j'en agis-
sais de la sorte; car, mon Dieu, vous n'aimez pas les ingrats!!!..... » .

C'est ainsi qu'Angèle, partagée par
l'amour, le devoir, la reconnaissance et la
religion, soutenait des combats intérieurs
qui sourdement minaient sa constitution forte
et robuste, et altéraient la fraîcheur naturelle de ses traits si fins, si délicats.

Si, dans les momens où l'amour l'empor-
tait, Ferdinand se fut présenté à elle et lui
eût dit : Angèle, suis-moi; fuis ceux qui
te réduisent toi et les tiens à cet état horrible; accompagne mes pas; partage mes
dangers; abjure le christianisme et deviens
ma douce et tendre épouse. Angèle, peut-
être, se serait jetée dans les bras de celui qui

lui aurait tenu ce langage, et lui eut aban-
donné le soin de sa destinée.

Mais quand le fanatisme reprenait le dessus, Angèle se maudissait, elle invoquait
tous les saints du paradis et les conjurait
instamment de vouloir bien la protéger afin
de rendre excusables des pensées que le dé-
mon seul pouvait lui suggérer. Ne s'en te-
nant pas là, Angèle maudissait également
Ferdinand et son souvenir : elle jurait de
ne plus l'aimer et de l'oublier entièrement;
elle prenait la résolution d'accepter la main
du vertueux chevalier de Mercœur. Alors
une voix, une voix plus forte que la sienne
la taxait d'ingrate et lui représentait les dangers auxquels s'exposait son amant pour la
secourir ainsi que sa famille.

« Tu t'apprêtes, ainsi et de gaité de cœur,
se disait-elle à elle-même, à déchirer son

tendre cœur ; tu veux lui donner toi-même
le coup de la mort !!... Vas, Angèle, tu ne
l'as jamais aimé; tu n'as jamais ressenti pour
lui cet amour, aliment pur de deux êtres
faits l'un pour l'autre, que tu lui as inspiré!!!... Angèle, tu n'es pas digne d'être
aimée ; car ton âme insensible et dure n'est
pas faite pour éprouver ni le bonheur ni le
tourment. »

Et la jeune fille, pour mettre fin à ces
combats, allait aux églises, assistait aux
prêches et rentrait chez elle plus calme et
plus tranquille, parce que sa résolution, de
ne jamais appartenir à un réformé, était
inébranlable.

Cependant des personnages tels que le
légat Caïetan, l'archevêque de Lyon, l'ambassadeur d'Espagne et les plus riches seigneurs de sa nation, renfermés dans les

murs de la capitale, supportaient avec courage et une résignation remarquable, les
horreurs de la famine qui chaque jour dé-
cimait la population.

Le cardinal de Gouty, évêque de Paris, quoiqu'il ne fût pas dans la ville quand Henri IV vint y mettre le siège; s'était em-
pressé d'y rentrer afin de partager les souf-
frances de ses ouailles. Au moyen d'abon-
dantes aumônes, ce digne prince de l'Église soulageait de nombreux malheureux.

Cet homme de Dieu, revêtu de saintes fonctions, connaissait l'importance des obligations de sa place et les remplissait avec onction. Pourquoi tous n'en agissent-ils pas ainsi ?

Pour soutenir l'opinion publique et le zèle chancelant de quelques ligueurs, comme cela se fait toujours, on répandait, de temps à autre, des nouvelles favorables à la cause de la ligue. Tantôt des détachemens de l'armée royale avaient été battus : tantôt on annonçait la prochaine arrivée d'un nombreux convoi de vivres.

La duchesse de Montpensier, si féconde en nouvelles de sa façon, fit courir le bruit que, d'après les lettres de Mayenne son frère, on serait bientôt délivré; que de prompts et efficaces secours forceraient les hérétiques à prendre la fuite.

Tous ces bruits, propagés à propos, comme on le pense bien, produisaient le plus heureux effet ; et comme, en ne se réalisant pas, on ne pouvait remonter à la source et en reconnaître la fausseté, les assiégés s'abandonnaient à l'idée de croire qu'une tentative manquée réussirait mieux une autre fois.

Il était, en outre, une chose essentielle,

à laquelle l'opinion publique attachait la
plus haute importance et qui, en se con-
tinuant, confirmait les ligueurs dans leur
sentiment de haine pour Henri : c'était le
refus continuel que fesait ce prince d'abjurer la relion réformée. C'est envain et toujours inutilement qu'on essaya de lui persuader qu'en se rendant aux desirs des Parisiens, il ferait cesser les horreurs du siège
et donnerait enfin la paix à ses sujets.

Le duc de Nemours, qu'il avait invité à
se soumettre, croyant avoir satisfait à l'hon
neur, en prenant parti pour la ligue, répondit : Que le premier, il serait enchanté
de lui baiser les mains, et qu'il désirait que
tout Paris voulut bien le reconnaître ; mais
qu'il fallait avant abjurer et se faire chrétien,
sans quoi il ne parviendrait jamais à occuper le trône ; qu'au surplus ce conseil

lui avait été donné par son très cher beau-
frère, Henri, troisième de ce nom et roi de
France par la grâce de Dieu; qu'il le lui avait
donné à son lit de mort, et qu'il devait le suivre comme une des conditions expresses qui
lui étaient imposées par l'opinion publique.

De puissans motifs occasionnaient, de la
part de Henri, son refus d'abjuration. D'a-
bord, il eût mécontenté les seigneurs de
sa cour dont la fidélité ne s'était jamais dé-
mentie, même dans les occasions les plus cri-
tiques pour lui : et d'un autre côté il n'ignorait pas combien étaient violens les sentimens
de haine et de vengeance que les huguenots
avaient voués aux catholiques en commémo-
ration de la Saint-Barthélemy.

Ces motifs pouvaient paraître plausibles,
péremptoires même à Henri de Navarre ;
mais la France entière en souffrait et la

capitale qu'il voulait conquérir voyait chaque jour sa nombreuse population décroître
d'une manière horrible.

XII

Le Villageois rend compte de son Message. —
Impression que produit son récit.

Lorsque Ferdinand et Jean furent rentrés
dans l'intérieur de la ferme, et que réunis
ils se trouvèrent seuls dans la chambre de ce
premier, son compagnon fidèle lui raconta
ce qu'il avait fait et vu, et lui rendit un

compte exact des impressions diverses qu'il
avait ressenties. Il lui dit que plus d'une
fois il avait été au moment de rebrousser
chemin, de renoncer à mettre à exécution
son projet tant avait été grand, d'horreur
et d'épouvante, le spectacle affreux qui s'é-
tait offert à ses regards.

Jean ne put s'empêcher de répandre
d'abondantes larmes en racontant combien
ce Paris, autrefois si gai et si vivant, était
déchu de sa splendeur passée et présentait,
en ce moment, l'aspect de la désolation et
de la mort.

« Était-ce donc ainsi, ajouta-t-il, qu'Henri
qui voulait avoir le surnom de bon, prétendait gagner ces cœurs ulcérés par la
souffrance. Est-ce donc par les tourmens et
des tortures semblables qu'on force à se faire
aimer ?.. »

Jean avait eu quelque peine à en croire ses yeux : il avait senti, en dedans de lui-même, s'élever un sentiment d'indignation contre Henri, dont la vie n'offrait qu'un assemblage de douceurs et de plaisirs de toute espèce.

Quel contraste dans les deux camps !!..

De l'autre côté des murs, des pensées amères, des pensées horribles ; car la désolation, la mort y présidaient : ici au contraire les ris, les jeux, la folle ivresse et tous les plaisirs de la vie. Pauvres ligueurs dont tout l'avenir est dans l'espoir des secours promis par la cour d'Espagne !!..

Mais quand viendront-ils ces secours si souvent promis et pas encore arrivés ? Quand les délivrera-t-on de cet ennemi qui les tient si étroitement bloqués ?...

Serait-ce quand la mort les aura tous frap-

pés et qu'il n'existera plus un seul habitant
dans la place pour la défendre avec courage,
qu'on viendra gémir et pleurer sur les maux
qu'ils auront eu l'énergie d'endurer!!!..

Alors, au lieu d'habitans paisibles ou
joyeux, de citoyens se livrant, les uns à
leurs travaux journaliers, les autres à une
folle ivresse et au délire qu'elle entraîne avec
elle ; on ne trouvera plus que des ruines et
des cadavres!!!..

Voilà pourtant ce qu'on semblait vouloir
faire.....

Ah ! Henri, ne devais-tu pas être touché
de la force d'âme et de caractère de ce peuple magnanime ; ne devais-tu pas venir à
son aide et ménager un sang si précieux!!.·

Car on ne saurait contester qu'il y avait
un courage héroïque chez ceux qui lui résistèrent si long-temps et qui préférèrent la

mort avec son affreux cortège que de céder
à un homme dont ils désiraient et avaient
le droit d'exiger l'abjuration.

Et quand même ce motif n'eût pas existé,
est-ce que l'ambition, la soif du pouvoir et
les crimes qui se commettaient au nom du
roi, et de ces criminelles passions qui le
dominaient, n'auraient-elles pas suffi pour
motiver leur résistance !!...

Un peuple qui, pénétré de ses droits,
réclame et combat pour son indépendance
a toujours droit à l'admiration et à la reconnaissance des nations, parce qu'il leur
donne l'exemple de ce que peut, chez des
hommes libres, l'amour sacré de la patrie et
de la liberté.

Oui, le désespoir des ligueurs était sublime..... Ils faisaient abnégation entière de
leurs affections, malgré leur conviction in-

time que, comme bien d'autres de leur
compatriotes, ils étaient destinés à mourir.....

Et pourtant ils ne reculèrent pas!!...

Non, ils restèrent fermes au milieu de ces
crises physiques et morales à la fois, plus
faciles à raconter qu'à supporter; car elles
dénotaient une énergie qui tenait de l'hé-
roïsme et peu de personnes sont capables
d'actions héroïques.

Ils demeurèrent inébranlables, et à leur
dernier soupir, à cette heure suprême où
une nouvelle vie va commencer; où l'âme,
sortant de son enveloppe mortelle, prend
son essor et s'envole dans les régions célestes,
ils disaient encore : *Mourons et ne nous
rendons pas !!!...*

Ils étaient rebelles, il est vrai; mais en te-
nant ce langage, était-ce à eux qu'il fallait en

adresser le reproche? Ne devait-on pas bien
plutôt s'en prendre à ces hommes qui abu-
sant des ressources de leur esprit, ne s'en ser-
vaient que pour exercer de l'ascendant sur
celui du souverain et le détournaient, par
suite, de ses devoirs les plus sacrés, de
ceux qu'un père est contraint de remplir à
l'égard de ses enfans? Des hommes enfin qui
se montraient assez insensés pour conseiller
au prétendant de contraindre, par la force
des armes ou des tortures, un peuple à se
rendre à lui, à venir se jeter à ses pieds et
à lui remettre les clés de la ville plutôt que
d'employer les voies de la douceur et de la
conciliation ?

Les lâches !!!....

Vils flatteurs, courtisans d'antichambres
aviez-vous bien pesé le poids de vos paroles ?....

Vous vouliez faire aimer, chérir votre roi ;
et c'est en lui traçant une conduite pareille
que vous aviez conçu ce plan !.. Ignoriez-
vous donc que celui-là même qui se voit
forcé, par les circonstances, à céder au plus
fort, n'en est que plus terrible à son réveil ;
car c'est pour lui le moment de la justice !!!...

La foudre gronde au loin, il est vrai, et
ne tombe pas à l'improviste et sans s'être
fait entendre ; mais le peuple que l'on contraint à une obéissance passive, à une abnégation entière de sa dignité d'homme,
fatigué d'oppressions, de guerre-lasse s'é-
veille, comme le lion, devient maître à son
tour et commande en souverain à celui qui
a voulu l'opprimer !!!....

C'est l'histoire de tous les temps et de
toutes les nations.

Cette époque de notre histoire n'est pas la seule où les haines, les factions et les passions se montrèrent à découvert; mais, en ce qu'elle a de terrible, la connaissance exacte de ces faits pourra peut-être servir de leçon à l'avenir !!..

Déplorables dissensions !!..

Ah ! Qui pourra vous lire sans répandre des larmes !!!...

Le récit de Jean et les réflexions dont il crut devoir l'accompagner, loin de calmer les vives appréhensions de Ferdinand, ne firent qu'accroître ses craintes. Celui-ci sentit qu'il n'y avait plus de bonheur pour lui à espérer sur cette terre; car Angèle, moins que jamais, ne voudrait consentir à lui donner sa main.

Angèle, si exaltée dans ses principes religieux, ne devait-elle pas détester ceux qui

opprimaient ses co-religionnaires et les ré-
duisaient, ainsi qu'elle et les siens, à une si
funeste détresse !!..

Au lieu de les aimer, Angèle devait les
haïr : ce sentiment était trop dans la nature
pour mériter le blâme.

Et pourtant Ferdinand, quoiqu'il fut l'es-
clave de ses devoirs envers son souverain,
ne pouvait s'empêcher de gémir sur tant de
cruautés. S'il ne pouvait cicatriser tous les
maux qu'occasionnait ce siège, du moins il
n'y était pas insensible et il eût tout entrepris
pour y mettre un terme.

De pareils sentimens ne devaient-ils pas
prévaloir sur l'esprit de son amante et l'empêcher d'en être haï ?

Le cœur navré, en proie à un violent désespoir et presque la larme à l'œil, ce fidèle
défenseur de la cause royale, laissant un li-

bre essor à ses paroles, exhala ses plaintes devant son nouvel ami, et ne lui fit point mystère de l'horrible position dans laquelle, en ce moment, il se trouvait placé.

Ayant perdu ses parens, dès sa plus tendre enfance; resté seul sur cette terre de douleurs et de bien tristes afflictions pour lui: il avait cru trouver, dans son amour pour Angèle, un palliatif à ses maux; et c'était au contraire de ce sentiment que découlait la nouvelle source de son infortune actuelle.

Car enfin, s'il n'eût pas aimé et de l'amour le plus tendre, sa position n'eût eu rien que de très ordinaire à la plupart des hommes, qui comme lui, se vouent à la vie des camps.

Personne ne verse des larmes sur le cadavre du guerrier mort au champ d'honneur et resté sans sépulture!!!..

« Personne, non plus, s'écria-t-il, ne pleurera sur le corps du soldat de Henri de Navarre, mort pour lui conquérir le trône qu'il revendique!!!.. »

O qu'il y a des êtres bien à plaindre sur cette terre!!...

Combien y a-t-il de malheureux pour qui tous les jours sont des jours d'afflictions!!!... Chaque instant de la vie, des momens convulsifs ou d'étreintes muettes; d'angoisses déchirantes ou douleurs frénétiques, qui minent, consument, exaspèrent et font désirer la mort à ceux qui les ressentent!!!...

Ferdinand se trouvait être dans cette position. Son âme de feu avait trop de vie. Il avait trop d'existence pour lui seul. Il lui fallait un être sur qui il put reverser ce trop plein de vie, et cet être ne pouvait lui appartenir; cet être ne devait jamais être à

lui... à lui qui l'aimait avec délire, avec passion!!!..

Angèle était cause de son malheur... de son
malheur! à lui qui avait soif de la félicité suprême... à lui qui avait soif de bonheur et
qui ne pouvait le goûter qu'avec elle!!!..

« Que tu es heureux, disait-il à Jean, que
tu es heureux d'aimer, d'être payé de retour
et de pouvoir espérer d'être un jour uni à
celle que tu aimes. Tandis que moi, exilé
pour ainsi dire de la présence de celle que
j'aime; seul sur cette terre; seul, toujours
seul, et personne à qui je puisse raconter
mes chagrins et en faire comprendre la nature ; ayant un cœur bouillant, je meurs de
douleur et d'amour.

« Oui, Jean, tu aimes, tu es aimé et c'est
là, crois-moi, dans cette réciprocité de sen-

timens que consiste le véritable bonheur
qu'on goûte ici-bas

« Augustine, élevée avec toi, partage ton
amour. Votre existence à tous deux n'en forme qu'une : ta vie est la sienne... ta pensée
lui est commune : l'une et l'autre elles se
confondent dans une douce et voluptueuse
étreinte... Tu peux dire, je suis la vie, l'a-
mour d'un ange ; car une femme, vois-tu,
Jean, est un ange sur la terre. Cette créa-
tion angélique, si suave, si délirante, qui
vous donne tout son amour, en échange de
celui que nous lui donnons ; qui se sacrifie
pour nous est réellement une divinité en-
voyée par le ciel, dans un moment de lar-
gesse, pour nous rendre heureux.

« Oui, je le sens, Angèle n'était pas, ne
pouvait pas être celle que j'avais rêvé ; ce
n'était pas la femme douce et aimante que

je m'étais imaginé. Formée pour son parti, pour la gloire de la cause qu'elle défend, Mademoiselle Bompar est capable de tout sacrifier aux intérêts de la ligue.

« Oui, le jour où je la rencontrai et m'attachai à elle par l'amour le plus tendre et le mieux senti, fut pour moi un jour de malheur..... Mais, insensé, que dis-je, en la voyant, je ne pus résister à ce sourire divin..... à ces traits si gracieux dans leur ensemble!!... Comment, du reste demeurer impassible à cette attraction si vive et si attrayante à la fois qu'elle seule sait inspirer!!!..

« Ah! pour ne pas l'aimer, l'idolâtrer, il fallait ne pas la voir, ne pas provoquer son sourire enchanteur, admirer la blancheur de ses dents, le vif incarnat de ses joues, et ne pas entendre le son enchanteur de sa divine

voix!!...Oh! mais vois-tu, Jean, c'est qu'elle
aussi est ma vie, mon bien suprême... si tu
touchais mon front, en ce moment, tu senti-
rais comme il est brûlant!!!..

« C'est, vois-tu, que nous parlons d'elle
et je ne saurais en causer sans ressentir une
forte et vive impression.

«Conçois-tu... comprends-tu tout ce que
j'éprouve... Tiens, il y a des instans où je
m'effraye, où je me fais peur, où je deviens fou... oui, fou, entends-tu; car ces
transports, ce délire ne sont pas choses na-
turelles...

« Je dois te faire peur, te faire même pitié, car je le sens, tant d'amour s'exprime
et ne se conçoit pas; il tient du délire et
cela fait peut-être que tu ne me comprends
pas!!!..»

Il n'était pas facile à Jean de calmer ces

instans de délire, ces momens où la tête de son nouvel ami se perdait et où des crises provoquées par l'excès de son amour pour Angèle, lui fesaient méconnaître celui qui s'était dévoué en exposant sa vie pour la sienne ou pour la dame de ses pensées.

Le bruit des camps, les tribulations attachées à son grade d'officier dans l'armée royale, ne pouvaient distraire Ferdinand.

Angèle était là, devant lui, pâle et dénuée de tout ; c'était un cauchemar horrible que son sommeil lui représentait constamment.

Et puis, la jalousie n'était-elle pas là !!!.. N'avait-elle pas allumée dans son sein, plus forte que jamais mortel ne l'eût ressenti,

cette affreuse passion, cause de tous nos
maux.

Jean, en lui faisant son récit, ne lui avait
point caché qu'un jeune et beau colonel de
l'armée des ligueurs, paraissant faire partie
de la famille, ne cessait, par ses soins et ses
assiduités envers M. et Madame Bompar,
de provoquer leur estime et leur reconnaissance.

Quel était cet officier, s'était dit Ferdinand, et quel pouvait être son titre, auprès de la famille de son amante, pour se
permettre de voir et d'entretenir Angèle
tous les jours; pour l'admirer, lui prodi-
guer ses soins et avoir part à sa reconnaissance?....

Il était son amant. Ce titre qu'il revendi-

quait assez ouvertement, semblait devoir le
prémunir contre tout espèce de soupçon et
pourtant il ne pouvait s'empêcher d'éprouver des craintes!!!..

N'est-ce pas ainsi que sont tous les
amans ?....

Combien Ferdinand était malheureux et à
plaindre!!!..

Oh! alors son sang bouillonnait avec violence, il se portait à son cœur, à sa tête,...
puis il riait; mais du rire de la folie... Il
riait et le désespoir était dans son cœur, dans
le fond de son âme!!...

D'horribles tourmens torturaient tout son
être...Il dévorait sa peine, et quand il voyait
son nouveau et fidèle ami le regarder triste-

ment ou Augustine pleurer; il les priait de
l'excuser.

« Pardonnez-moi, mes amis, pardonnez-
moi, leur disait-il; mais ce que j'endure est
si cruel... ce que j'endure est si amer que
je ne saurais m'empêcher de me plaindre
et de pleurer.

« Mes beaux jours, voyez-vous, sont passés... mais passés sans retour... Ils ne revien-
dront plus!!!..

« Si vous saviez comme elle était belle,
quand je l'ai connue !!...

« Au reste tu la connais, Jean ; mais
vous, Augustine, vous ne l'avez jamais vue...
Ah ! si vous saviez comme je l'aime !!...
Si vous aviez pu voir son air de candeur
et son âme de feu qui, semblable aux plantes
des régions célestes et comme on nous les

·dépeint, répond si bien à la mienne !!...

« Et dire que je dois renoncer à elle...
dire... oh ! non, mes amis, je n'y renon-
cerai jamais..... Ayez pitié de mon tourment.... de ma douleur.... de moi-même ;
car je suis bien malheureux !!!.... »

XIII

De Mergy et la Fille du Bailli.

Nous l'avons déjà dit, et la conduite que Jean a tenue, a suffisamment justifié notre assertion tendante à démontrer qu'il était doué d'un bon cœur et d'une sensibilité excessive.

Ces qualités si essentielles et qui distin-

guent éminemment l'homme de bien, le
portèrent à s'apercevoir que la santé de
son nouvel ami dépérissait de jour en jour,
et que le chagrin auquel il s'abandonnait
trop vivement en était la seule cause. Il
sentit, dans cette circonstance, qu'un re-
doublement de zèle, de sa part, devenait in-
dispensable, et il en montra tout autant qu'il
en fallait pour convaincre Ferdinand de
toute la force de l'attachement qu'il lui
avait voué.

C'est en vain qu'il essaya de le distraire de
ses sombres rêveries : son éloquence naïve
et vraie ; la sagesse de ses observations et
même les distractions qu'il crut devoir mettre
en usage furent des attentions inutiles et
restèrent sans résultat.

Aux attentions de Jean vinrent également
se joindre celles de la jeune Augustine, la

fiancée du bon et loyal villageois. Cette jeune fille possédait d'excellentes qualités. A un bon cœur, à une vivacité excessive ; elle joignait un besoin de rire, de folâtrer et on conçoit dès-lors qu'elle ne pouvait être témoin insensible des souffrances d'un autre.

Pressentant pour lors que si la tristesse de leur officier (c'est ainsi qu'on désignait Ferdinand à la ferme), venait à se continuer, sa pétulance et sa folle gaieté l'abandonneraient, elle en fit faire la remarque à Ferdinand, comme pour lui en faire une obligation de ne pas chagriner ses bons amis.

Augustine aussi avait connu l'infortune!!... orpheline, elle avait été adoptée par Madame Loisieux, mère de Jean.

Son père était mort avant qu'elle n'eût atteint l'âge de raison et l'expérience nécessaire pour sentir le prix de cette perte. Il

avait précédé de quelques années , dans la
tombe, sa veuve inconsolable, et quand celle-
ci fut ravie à sa fille chérie , ce moment d'é-
ternelle séparation fut terrible pour l'une et
pour l'autre.

En mourant, cette mère ne lui avait lé-
guée qu'un affreux désespoir , et en pers-
pective qu'une misère plus affreuse encore.

Ce fut dans cette position, manquant de tout
et sans asile, que Madame Loisieux la reçut
à la ferme. Élevée par d'honnêtes gens et
n'ayant jamais sous les yeux que de bons
exemples, Augustine récompensa par ses
soins l'adoption de sa seconde mère.

La reconnaissance a tant de pouvoir sur
les cœurs bien nés, que la jeune orpheline
ne tarda pas à être considérée comme faisant
partie intégrante de la famille.

Jean n'avait pas été insensible aux grâces

enfantines, et aux belles qualités de la
jeune fille. Il l'aima d'abord comme une sœur;
puis il sentit pour elle plus que de l'amitié :
c'était de l'amour !!...

Mais comment supposer, espérer même
que sa mère , sa bonne et excellente mère,
consentirait jamais à leur union !!..

Cette pensée, comme une idée fixe, préoc-
cupa long-temps les deux jeunes amans , et
sembla apporter quelque trouble dans leurs
mutuels épanchemens amoureux.

Cependant Madame Loisieux, dont la tendre sollicitude pour ses enfans la portait
continuellement à s'en occuper, avait facilement lu dans leur cœur et reconnu la
nature de leur attachement.

Un jour qu'ils étaient assis auprès d'elle
et que rien ne s'opposait à une explication

devenue nécessaire , elle leur tint ce langage :

« Écoutez-moi, mes enfans, et écoutez-moi
attentivement , car ce que je vais vous dire
vous intéresse particulièrement.

« Vous vous aimez : je le sais.

« Une bonne mère lit facilement dans le
cœur de ses enfans , et le trouble qui vous
agite , quand vous êtes en présence l'un de
l'autre, trouble que votre inexpérience ne
permet pas à votre physionomie de cacher ,
m'a tout appris.

« Je ne vous en ferai point un reproche ;
mais je vous dirai seulement que vous auriez
dû avoir en moi plus de confiance et ne pas
chercher à me faire un mystère d'une chose
que tôt ou tard je devais connaître. Les
enfans soumis et respectueux , comme tous

les honnêtes gens , ne doivent jamais cacher
de leur conduite ce qui les honore le plus.

« Vous savez , l'un et l'autre , combien je
vous aime : vous n'ignorez pas qu'entre vous
deux je ne fais point de différence.

—Bonne et excellente mère, lui dirent-ils
en se jetant à son cou et lui prodiguant les
plus vives caresses.

—Prêtez-moi toute votre attention.

« Jean , mon ami , tu n'avais que six ans
lorsque Augustine , moins âgée que toi
de deux années, vint dans cette ferme. Trop
jeunes , l'un et l'autre , pour connaître les
particularités de l'histoire de sa mère , je me
fais un devoir de vous les raconter aujourd'hui
parce qu'ils peuvent servir de règle à votre
conduite à venir.

« Ta mère, mon Augustine, était bien belle : elle était plus jolie que toi.

« Elle le savait et fit une faute !!...

» Elle dut en subir toutes les conséquences......

« Fille du Bailli de ce village, sa naissance et une honnête fortune lui présageaient un heureux avenir ; mais le bonheur paisible qu'on goûte dans les champs ne pouvait lui convenir. Il fallait à ta mère, douée d'un caractère ambitieux, le bruit des grandes villes, des honneurs, des richesses et généralement tout ce qui peut contribuer à faire remarquer une femme vaine.

« Elle eût tout cela !!!...

» Plus tard, la misère devint son partage !!!...

« Elle se repentit.... mais, hélas ! il n'était plus temps !!!...

« Quand elle mourut, son père l'avait maudite !!!..

« Tel fut son commencement; telle fut sa fin.

« Voici les détails de sa vie.

« Un jeune seigneur de la cour, nommé de Mergy, vint passer quelque temps dans ce village. Ta mère avait seize ans. Le jeune seigneur la vit et il l'aima. Mais avec ce nom illustre, ce jeune homme ne possédait aucune fortune, il était sans avenir, cadet de famille et fuyait Paris, parce qu'on voulait qu'il entrât dans les ordres et se fit prêtre.

» Reçu chez le Bailli avec bienveillance et estime, comme chez toutes les personnes de distinction du pays, ta mère ne tarda pas à le remarquer et à ressentir de l'amour pour lui.

« Tous deux s'aimèrent et se l'avouè-
rent !!...

« Lorsqu'il s'aperçut de l'inclination des
deux jeunes gens, le Bailli défendit sa porte
à Monsieur de Mergy; mais les deux amans
n'en continuèrent pas moins à se voir et à
se parler, parce que le caractère altier de ta
mère ne lui permit pas d'entendre et de
goûter les sages conseils que son père,
plus expérimenté, essaya vainement de lui
donner.

« Un jour.... Mais, Augustine, ne déverse
pas le blâme sur ta mère... tu dois la respecter et la plaindre.

« Un jour, elle disparut du village : on
ne sut ce qu'elle était devenue !!!..

« Plus tard, on apprit qu'elle avait fui
avec son séducteur; qu'elle l'avait suivi à
la ville et que le frère aîné de Mergy, étant

mort, celui-ci avait hérité d'une fortune considérable à la tête de laquelle se trouvait être ta mère, comme étant maîtresse de maison, et que l'un et l'autre se livraient aux dépenses et à la joie les plus désordonnées.

« Elle était heureuse du bonheur que long-temps elle avait désiré. Ta mère fesait joyeuse vie et goûtait enfin une félicité qu'elle croyait devoir être éternelle.

« Mais rien n'est stable ici-bas et au moment où elle s'y attendait le moins, sa position changea.

« De Mergy l'avait aimé de cet amour qui nous fait désirer la possession et rien de plus. Dès qu'il eût et jusqu'à satiété satisfait ce désir brutal de nos sens, il cessa de l'aimer.

« Ne plus être aimée !!...

« Elle qui pour son amant avait tout sacrifié.... Elle qui, dans son infortune, l'avait
suivi sur une terre étrangère et partagé non
seulement son exil, mais sa misère et avait
ranimé son courage expirant par le feu de
ses baisers !!!...

« De ses baisers de flamme !!!...

« Elle que son père avait maudite, à cause
de l'ingrat qui la délaissait après l'avoir privée de l'auteur de ses jours, l'avoir flétrie et
déshonorée !!!..

« Elle qui n'avait désormais aucune ressource et qu'une affreuse misère allait atteindre !!!...

« Qu'allait-elle devenir !!!....

« Prières, larmes : tout fut inutile. De
Mergy, ayant un cœur plus dur que de
l'acier, n'éprouva même pas un regret,
quand il vit cette femme qui lui avait tant

donné se jeter à ses pieds, en suppliante,
presser ses genoux avec force, lui demander
compte de sa conduite et de quelle faute il
pouvait l'accuser !!...

« Comment aurait-il répondu à une pareille question ?....

« Le misérable !!!...

« Ah ! si elle fut coupable, si elle commit
une faute : elle en fut cruellement punie
par le mépris de celui-là-même qui l'entraîna dans le précipice.

« Mais Dieu absout..... l'homme seul ne
pardonne pas !!!...

« En vain, lui dit-elle, de Mergy, je t'en
conjure, si ce n'est pour moi, que ce soit du
moins pour notre enfant : reviens à des sentimens honorables, plus dignes de toi, ne
m'abandonne pas et ne me réduis pas à un
affreux désespoir !!... Je t'implore pour ma

fille... donne lui ton nom... accorde-moi
le titre de ta femme... que l'une et l'autre,
nous n'ayons pas à rougir de notre position...
Car, enfin, de Mergy, si je fus coupable, si
j'oubliai mes devoirs et devins enfant dénaturé; c'est que j'avais de l'amour pour toi;
c'est que tu le partageais et me promis de
devenir mon époux!!!... Si ton amour n'est
plus le même... si tu ne m'aimes plus : ce
n'est pas une raison pour oublier que tu
fus épris de mes charmes, et qu'il est résulté un enfant de nos relations naguère si
douces, si enivrantes. Relègue-moi, si tu le
veux, dans l'un de tes nombreux châteaux.
Vivant loin de toi et avec notre fille, je for-
merai son cœur à la vertu et lui apprendrai
à aimer, à chérir son père. A mon école et
parce que je fus coupable, ma fille re-
cevra des conseils que je méconnus et que

sans doute elle ne voudra pas méconnaître
à son tour. Je t'en conjure et s'il faut même
te le promettre, je prends l'engagement
sacré de ne jamais chercher à te troubler
dans tes nouvelles relations, ni à te rappeler tes engagemens envers la mère d'Augustine.

« Pas une larme, pas la moindre émotion
ne se montra sur la figure de cet homme
qui laissa long-temps, à ses pieds et éplorée,
la malheureuse créature qu'il avait flétrie,
déshonorée !..

« L'infâme la fit chasser de sa présence
par ses insolens valets !!!...

« Ta mère, ma chère Augustine, revint
dans ce village et confiante dans la tendresse
paternelle, dont la sincérité de son repentir
la rendait si digne, elle osa se présenter
devant son père qui n'était pas mort. Mais

ce vindicatif vieillard , loin de pardonner à
la pécheresse repentante , résolut de la
châtier publiquement afin de lui faire
éprouver un nouveau genre de punition.

« Comme l'enfant prodigue , en apercevant l'auteur de ses jours, elle se précipita à ses pieds et implora son pardon. Il la
reçut froidement, la releva et la fit asseoir.
Puis il sonna et plusieurs membres de sa
famille parurent.

— « Vous avez donc perdu la tête , lui
dit-il ; car je ne saurais attribuer à un autre
motif votre présence en ces lieux. Comment
avez-vous pu croire que moi , dont vous avez
souillé les cheveux blancs , je pourrais vous
pardonner.... Celui que vous m'avez préféré
vous a également abandonnée et il a bien
fait : ce châtiment vous était réservé comme

punition de votre éloignement ingrat du toît
paternel. Oh! n'est-ce pas que l'abandon est
cruel.... n'est-ce pas qu'il est déchirant,
qu'il est cuisant!!!.....maintenant que vous
l'avez ressenti, vous savez ce que l'on éprouve. Eh bien! je vais vous faire éprouver un
autre genre de tourment; car ma colère,
au lieu d'être apaisée, s'éveille plus terrible......Tremble, fille ingrate!!.. Tremble,
car je vais te.......

—Grâce, mon père... pitié... murmura
ta malheureuse mère. Et elle se roula sur les
dalles de l'appartement de son père et jusqu'aux pieds de l'inflexible vieillard.

—Grâce, pitié, dis-tu, mais en as-tu eu
pour moi... En as-tu ressenti pour le vieillard qui t'aimait tant... Vas, tu as usé d'hypocrisie... et le jour même où je me glorifiais

de toi, de toi qui étais ma gloire et mon espoir, tu partis.... tu m'abandonnas sans
t'inquiéter de ce que je deviendrais, si j'aurais quelqu'un sur qui mon bras put s'appuyer!!... Oh! tu as du bien rire, bien te
moquer de la crédulité du faible vieillard et
de sa tendresse débonnaire!!!.... Tu es folle..
le pardon n'existe pas, ne saurait exister
pour un enfant dénaturé!!!.. va, éloigne-toi
de ces lieux... Fuis loin de ma présence et
et ne la souille plus de ta vue... de ta vue
qui me fait mal... de ta vue qui m'obsède
et me fait horreur.... Puisse ma malédiction
que je t'ai donnée, peser de tout son poids sur
ta tête criminelle... te poursuivre en tous
lieux!!... En tous lieux, entends-tu!!!...»

« Rejetée du toi paternel, ta malheureuse
mère se résigna à son sort et supporta encore

la vie. Son cœur maternel lui disait de ne pas se livrer à un violent désespoir et de vivre pour toi.

« Oui, chère Augustine, quels que fussent ses chagrins et quoique l'horreur de sa position fut grande, ta mère se résigna à l'importance des obligations que ta présence lui rappelait.

« Elle travailla nuit et jour pour te nourrir, et, pendant que les haillons de la misère la couvraient, tu ne manquas de rien.

« N'accuse donc pas sa mémoire : bénis-la au contraire. Prie pour elle, mon enfant, prie l'Éternel de lui accorder sa grâce. Respecte aussi la mémoire de celui qui t'a donné le jour.

« Après la mort de ta mère, tu restais

seule et abandonnée. Que serais-tu devenue?.. Je l'ignore.

« Restée veuve et maîtresse de mes actions, j'eus pitié de toi et t'adoptai. Tu devins
la compagne de Jean qui t'aima comme si tu
eusses été sa sœur et qui t'aime, en ce moment, comme on aime celle dont on désire-
rait faire sa femme.

« N'est-ce pas, mon garçon, que tu aimes
bien Augustine?.... Eh bien ! réponds donc.
Est-ce que tu as perdu ta langue?.. Veux-
tu toujours unir ton sort à celui d'Augustine?..

— Plus que jamais ma mère.

— Et toi, Augustine, si un jour ton père
venait te réclamer à moi et te dire : Ma fille,
je me repens de t'avoir injustement privée
du rang et de la fortune qui t'appartien-

nent; viens, suis-moi. Que répondrais-tu?

— Ma réponse ne se ferait pas long-temps attendre.

— Quelle est celle que tu lui ferais?

— Celle qu'une fille honnête et reconnais- sante fera toujours.

— Mais enfin.

—Eh bien! Je lui dirais; mon père, j'appré- cie, comme je le dois, votre tardif repentir et reconnais toute l'étendue de vos droits sur moi. Cependant et quoique vos procédés envers ma mère l'aient précipitée dans la tombe, je ne vous suppose pas l'intention de vouloir me ren- dre ingrate, et je le serais, en ce moment, si je quittais ma famille adoptive. Dans son sein, j'ai puisé de bons conseils et par suite un caractère ferme. Le séjour de la cour, où

vous me conduiriez vraisemblablement,
convient peu à ma simplicité. Ici je suis
sans ambition, je vis paisible et heureuse...
laissez-moi y couler mes jours, auprès de
ma mère adoptive.....et de Jean..... de Jean
qui possède mon cœur, et sans lequel, je le
sens, je ne saurais être heureuse!!!..

— Chère Augustine, s'écria Jean, en la
pressant vivement dans ses bras.

— Ah! ma fille, quel plaisir ne me fais-
tu pas, en ce moment!!!..

— On ne m'arrachera jamais vivante d'auprès de vous; car sans vous et loin d'ici il
me serait impossible de goûter quelque félicité!!...

— Tant d'amour et de sagesse méritent
une récompense. Je ne mets aucun obsta-

cle à votre mariage et il aura lieu, mes
enfans, le plus prochainement possible.

— Bonne mère, dirent à la fois et en
l'embrassant Jean et Augustine. »

XIV

Bassompierre et Rosny.

Le soleil commençait à peine à montrer
ses rayons, lorsque le son des trompettes,
en se faisant entendre dans la plaine, an-
nonça aux ligueurs qu'un mouvement ex-
traordinaire avait lieu dans le camp des as-

siégeants. Pressentant quelque danger et intéressés à s'en prémunir, les Parisiens coururent aux armes, se rendirent en toute hâte à leurs postes respectifs et du haut de leurs remparts, examinèrent et attendirent de pied ferme, et avec courage, qu'on vint les attaquer.

C'était une fausse alerte : il s'agissait tout simplement d'une revue.

Henri de Navarre, éblouissant d'or et de pierreries, monté sur un superbe coursier, magnifiquement harnaché, et accompagné de ses principaux officiers se présenta devant ses troupes, réunies à cet effet, brillantes par leur belle tenue et leur air martial. Henri admira long-temps et complaisamment cette milice fidèle, soumise à ses ordres et obéissant aveuglément à la moindre de ses volontés. Ces hommes étaient déterminés et au-

raient pour lui mille fois bravés la mort.
Leur maître le savait : aussi tirait-il parti de
leur stupide aveuglement.

Vers la fin de sa revue, le duc de Bassompierre, l'un de ses plus dévoués serviteurs, s'approcha de lui, et après avoir dit
quelques mots à l'oreille de son maître se
retira. On remarqua alors que la figure de
Henri, avant si riante et si gracieuse, venait
tout à coup de se rembrunir. On ignorait la
cause de ce subit changement et les courtisans cherchaient vainement à en connaître
les motifs.

En ce moment, M. de Rosny s'avança
vers son roi pour lui parler ; mais ce dernier calma cet empressement de courtisan et
le glaça même d'effroi en lui faisant enten-

dre ce peù de mots : « *Monsieur de Rosny,
allez rejoindre votre compagnie et ne paraissez devant moi que lorsque je vous ferai appeler.* »

Puis et en silence, Henri de Navarre con-
tinua et termina une revue qui s'était an-
noncée sous d'autres auspices : on avait généralement pensé qu'elle serait brillante.

Après avoir satisfait à leurs devoirs et tout
en rendant un hommage respectueux à leur
monarque, les chefs, quoique silencieux à
cet égard, s'entregardèrent mutuellement et
des yeux, seulement, semblèrent se demander l'explication des motifs d'un changement si subit.

« Comment se fait-il, se disaient les plus
hardis, qu'à la suite de son entretien secret

avec le duc de Bassompière, le roi ait si mal accueilli M. de Rosny, son confident et son ami?....»

Et cet étonnement redoubla lorsqu'un page vint, au nom du roi, leur annoncer que Sa Majesté allait assembler son conseil.

En effet, Henri de Navarre avait manifesté l'intention d'avoir une conférence avec tous les chefs de son armée et les principaux seigneurs de sa cour.

Après s'être promené long-temps, sans proférer une parole, il jeta un coup d'œil d'aigle sur ceux qui l'entouraient, et n'apercevant pas son favori, il s'écria avec humeur :

« *Ah! ça, il paraît que M. de Rosny a*

juré, aujourd'hui, de mettre ma patience à
l'épreuve et me mettre de mauvaise humeur.
Pourquoi n'est-il pas au Conseil? Châtillon,
vous devez en connaître la cause?

— Votre majesté daignera se rappeler
qu'elle lui a défendu de paraître devant elle
et alors...

— Et alors, quoi?..

— Alors, sire, M. de Rosny a cru devoir
attendre que vous le fassiez appeler.

— Ah! c'est différent...

— Permettez-moi, sire...

— Quoi! que voulez-vous me dire?

— Vous faire observer que M. de Rosny
n'a fait que suivre ponctuellement les ordres
que vous lui avez donné vous-même.

— Eh bien! alors il faut...

— Le faire appeler, sire.

— Non. Nous nous passerons de lui.

— Comme vous voudrez, sire.

— Ne pensez-vous pas comme moi, messieurs, que nous pouvons fort bien discourir sans lui?

— Très certainement, sire, s'écrièrent à la fois tous les membres du conseil.

— Cependant, j'y réfléchis. Ses avis nous seront bons. Châtillon, faites-le appeler.

— Et vous avez raison, sire; car M. de Rosny est un homme de talent et de bon conseil, répétèrent à qui mieux mieux les conseillers de la couronne.

Puis s'adressant au duc de Bassompierre,
Henri lui dit :

— Êtes-vous bien certain, Bassompierre, que votre rapport soit exact et que
M. de Rosny n'a pas passé la nuit dans sa
tente?

— Sire, pourriez-vous penser...

— Je ne pense rien ; mais...

— Quel motif me supposeriez-vous donc ?

— Bassompierre, vos agens...

Sont sûrs, sire, et leurs rapports méritent
une entière confiance.

— Je ne dis pas...

— Ah! sire, cessez de m'offenser par un
doute injurieux pour vous, comme pour
moi.

— Qu'est-ce à dire?.. Bassompierre, vous outrepassez les bornes du respect que vous me devez...

— Vous me soupçonnez, en ce moment, de faire le métier de vil calomniateur. Alors, sire, je dois me défendre.

— Comment? Quel excès d'audace!!!.. vous osez vous comparer à moi; mais alors pourquoi suis-je votre roi?..

— Je n'oublie pas, sire, le respect que je dois à votre majesté; mais il m'est permis, je pense, de ne pas laisser planer long-temps un soupçon qui serait aussi injurieux pour vous que pour moi.

— Encore!!...

— Veuillez vous montrer assez juste pour

me permettre de joindre les preuves au con-
tenu de mon rapport.

— Volontiers.

M. de Rosny entra, en ce moment, fit
un profond salut et fût s'asseoir à sa place,
sans témoigner la moindre surprise ni le
plus petit mécontentement au sujet de ce
qui lui était arrivé.

— Quel sang-froid, Bassompierre, ajouta
Henri en examinant attentivement son favori. Il n'a pas l'air coupable? Puis s'adressant à ce dernier, il lui dit : Monsieur de Rosny, vous n'avez pas passé la nuit dans votre
tente?

— Il est vrai, sire.

— Qui vous en a empêché?

— Différens motifs, sire.

—Et peut-on, monsieur, connaître ces
motifs ?

—Ils ne sont pour vous d'aucun intérêt
et je pense...

—Que vous ne devez pas me les faire
connaître, n'est-ce pas, monsieur ?

—Pardonnez, sire, mais...

—Eh bien, monsieur, vous vous trom-
pez. Je suis curieux et désire connaître ce
dont vous paraissez vouloir me faire un mystère. Au besoin, je vous en donne l'ordre.

—Sire, je serais fâché de laisser soupçonner à votre majesté qu'un motif blâmable
m'ait fait agir de la sorte : dès lors, j'obéis
à ses ordres. Quelques-uns de mes soldats
ayant, dans leur logement, commis des fautes
graves et contraires aux devoirs de tout bon

et loyal militaire, je me suis moi-même rendu sur les lieux à l'effet de prendre des information exactes sur la nature du délit qui leur est imputé, les réprimander et les punir ensuite de manière à en empêcher le renouvellement. Tels sont les motifs qui m'ont fait quitter ma tente et passer la nuit, sur les lieux mêmes du délit, à l'instruction de cette affaire.

— La réponse est adroite, j'en conviens, et votre conduite serait louable s'il en était ainsi ; mais il est fâcheux pour vous que je n'y croie pas et que j'aie à vous opposer des preuves contraires à vos assertions.

— Sire....

— Oui, monsieur, des preuves et des preuves irrécusables encore.

— Un sujet fidèle, dévoué et affectionné par vous, comme je le suis, ne saurait avoir de motifs pour vous tromper.

— Je conviens que vous ourdissez fort adroitement un mensonge et le soutenez avec beaucoup d'aplomb. C'est un talent que je ne vous connaissais pas et pour lequel je vous prie d'agréer mon bien sincère compliment.

— Votre majesté, je l'espère, me permettra de la désabuser.

— Jamais, monsieur.

— Mais alors, sire, veuillez donc me faire connaître mon crime?

— Votre crime !!..

— Oui, sire...

— Interrogez votre conscience.

— Ma conscience est calme et n'a rien à se reprocher.

— C'est qu'elle n'est pas, sans doute, très susceptible de remords.

— Ah! sire...

— Trêve à cette comédie, monsieur.

— Sire, je ne l'ai jamais jouée et si l'envie m'en prenait, je ne pense pas que ce soit au moment où mon prince m'accuse et refuse de croire son serviteur dévoué et fidèle.

— Rosny, écoutez-moi. Bassompierre que voilà, sur le rapport de l'un de ses agens, vous accuse d'avoir enfreint mes ordres, et porté vous-même, au milieu de la nuit et en escaladant les murs, des vivres au assiégés.

— Monsieur le duc aura été dupe d'un faux rapport. Les procès verbaux que j'ai fait dresser la nuit même où l'on m'accuse, viennent déposer en ma faveur et je les oppose à cette lâche et infâme délation.

—C'est juste : je n'y avais pas songé. Il n'y a rien à ajouter à cela. Tu as raison, Rosny, et je m'en veux d'avoir pu un seul instant soupçonner ta fidélité et ton dévouement à ma personne. Allons, qu'il ne soit plus question de rien, que tout soit fini et surtout pas de rancunes. Bassompierre, faites surveiller cet endroit. A présent, je vais présider le conseil. Châtillon, instruisez ces messieurs des motifs de notre réunion.

— Elisabeth, reine d'Angleterre et cousine de notre grâcieux souverain Henri, quatrième du nom, roi de France et de Navarre, nous avertit qu'elle ne nous fera passer les secours promis que lorsqu'elle aura été instruite de vive voix, de l'état où se trouvent

nos affaires. Faudra-t-il accéder à sa demande, ou bien n'y répondre qu'à moitié ?
Ensuite, la ville de Dieppe, qui est en notre
pouvoir, court les risques d'être prise par
l'armée des ligueurs qui possède Calais. D'un
autre côté, le duc de Parme nous menace.
Les Parisiens, soutenus par cet espoir,
paraissent moins que jamais disposés à se
rendre. Telles sont les différentes circonstances qui doivent appeler toute la sollicitude du conseil, le porter à délibérer et à
prendre enfin une résolution. En ne nous
rendant pas à la missive d'Elisabeth, nous
perdons un puissant auxiliaire; si nous
abandonnons Dieppe, nous augmentons les
forces de la ligue; et si le duc de Parme
tombe sur nous, nous devons craindre de
diviser nos forces.

— Voilà, messieurs, dit Henri de Navarre,

ce que nous avions à vous faire connaître
pour prendre votre avis. La pluralité des
voix décidera ces différentes questions. »

En effet, après avoir longuement discuté
le pour et le contre, Châtillon fit connaitre
que MM. de Nevers, de Tavannes, Crillon,
Montpensier, Bassompierre, Rosny et Lauvergne étaient d'avis de ne pas accéder à
la demande d'Elisabeth; mais de garder
Dieppe.

On convint, toutefois, d'envoyer un ambassadeur à la reine d'Angleterre et de faire
partir quatre bataillons pour Dieppe.

Henri de Navarre, désormais assuré de la
fidélité de son ami et tranquille sur ses intérêts divers, reprit toute sa sérénité et même
sa gaîté habituelle.

XV

Tentative de prise d'assaut de la ville de Paris, par Henri IV.

A l'annonce de la prochaine arrivée du duc de **Parme** et de son armée sous les murs de Paris pour secourir les ligueurs et dégager cette ville, dont on avait menacé Henri IV et qu'il crût ne pouvoir se réa-

liser de sitôt, en succéda une autre plus po-
sitive et dont les conséquences pouvaient
devenir fatales au succès de sa cause et
peut-être même anéantir à tout jamais ses
espérances, s'il n'y opposait toute sa prudence : ce fut la mort du pape Sixte-Quint
et l'élévation à la chaire Pontificale de Grégoire XIV.

Quoique Sixte-Quint, de son vivant, eût
maltraité le roi de Navarre en lançant contre
lui la bulle foudroyante qui avait été publiée
dans tout le royaume, et qu'il ne voulut pas
le reconnaître en qualité de roi de France,
il est vrai de dire que l'état déplorable dans
lequel se trouvait être le pays; l'ambition
des chefs qui le gouvernaient; la fourberie
de leurs agens et les pernicieux desseins
des Espagnols l'avaient fait changer de conduite.

Nous devons ajouter que le parlement de
Paris, dans une assemblée qui eût lieu à son
sujet, s'étant permis de le menacer et de
protester contre lui, sa colère n'eût plus de
bornes et que dans son indignation il prévint le duc d'Olivarès, ambassadeur Espagnol auprès de sa personne, qu'il lui ferait
trancher la tête s'il se permettait jamais
d'outrepasser les pouvoirs que lui avaient
confié sa cour. On pense bien que le duc,
connaissant l'humeur peu endurante de ce
pape, se garda bien de pousser les choses
jusques là.

Quelques historiens prétendent, et nous
sommes forcés de nous en rapporter à leur
opinion, que, bien éloigné de vouloir se
joindre à la ligue, Sixte-Quint avait résolu
d'employer à leur faire la guerre les cinq

millions d'or qu'il avait amassé, dans le
château Saint-Ange, durant son Pontificat,
et qu'il avait également manifesté l'intention de vouloir chasser les Espagnols du
royaume de Naples.

D'un autre côté et quand on réfléchit au
caractère de ce pape, si ambitieux et qui
voulait que tout cédât à son autorité qu'il
regardait comme suprême, on ne peut croire
qu'il eût voulu appuyer les prétentions d'un
prince qu'il avait déclaré relaps, hérétique,
et sur la tête duquel pesait l'anathème du
Vatican. Il est plus probable que, voyant
les avantages de Henri de Bourbon, il ne
craignit, à l'exemple de l'Angleterre, de
voir échapper de sa domination le beau
royaume de France, et que, déterminé par
ces motifs, il se décida à rester neutre.

En effet, si selon les apparences, le roi de Navarre triomphait de ses ennemis et sortait victorieux de cette lutte, Sixte-Quint se fesait un mérite auprès de ce prince de sa neutralité, l'engageait à changer de foi et à protéger les catholiques contre les vengeances des huguenots.

Quoi qu'il en soit et comme sa mort eût lieu le 27 août 1590, les projets vrais ou faux supposés à Sixte-Quint ne se réalisèrent pas.

A la nouvelle de sa mort, les ligueurs ne dissimulèrent pas la joie qu'ils en ressentirent. Le jour même où elle fut connue, c'est-à-dire le 5 septembre, Aubry, curé de Saint André-des-Arcs, homme également faible et étourdi, en l'annonçant aux fidèles, dans son sermon, osa dire que cette mort était l'effet d'un miracle et il ajouta : *Dieu*

nous a délivrez d'un méchant pape et d'un
mauvais politique : s'il eût vécu plus long-temps,
on eût été bien étonné d'ouïr prêcher dans
Paris contre le pape et pourtant il l'eût fallu
faire. »

Grégoire XIV, Milanais, qui fut élevé sur
la chaire pontificale immédiatement après
Urbain VII qui ne tint le siége que treize
jours, tint une conduite tout opposée à
celle de Sixte-Quint.

Il se joignit aux Espagnols, fit cause commune avec eux et se déclara hautement
protecteur de la ligue. Ce n'est pas tout; et
voulant donner des preuves formelles, irrécusables de tout l'intérêt qu'il prenait à
cette cause; il écrivit aux Seize pour les encourager à persévérer dans la résolution
qu'ils avaient toujours montrés de ne se sou-

mettre jamais à Henri de Bourbon. Il n'en resta pas là et poussant les choses beaucoup plus loin, il leur promit quinze mille écus par mois et une armée de douze mille hommes, entretenue à ses dépens, qu'il leur envoya en effet quelques temps après sous les ordres d'Hercule Sfondrate, son neveu, qu'à cette occasion il créa duc de Montemarciano.

Puis pour unir les armes spirituelles aux temporelles, il fit porter en France, par le référendaire Marcelin Landriano, son nonce, un monitoire par lequel il excommuniait tous les prélats, et tous les autres ecclésiastiques qui suivaient Henri, et les privait de leurs bénéfices, si dans un temps prescrit ils ne l'abandonnaient et ne se retiraient même des terres de son obéissance : cette

obligation s'étendit même jusqu'à la noblesse, les gens de robe et le peuple auxquels il enjoignait de s'y conformer et finis-
sait par déclarer Henri de Navarre, relaps,
excommunié et déchu de toutes seigneu-
ries.

Malgré cette bulle, partie du Vatican en
même temps que se mettait en marche l'armée qui devait s'unir aux troupes de la ligue
et à celle de l'Espagne, les seigneurs et les
prélats catholiques qui avaient accompagné
Henri, dès le commencement, n'en continuèrent pas moins à le servir en bons et fidèles serviteurs ; et le conseil du roi, les
parlements séant à Tours et à Châlons firent
acte d'indépendance en la condamnant comme abusive et se refusant à y obéir.

De leur côté, les membres du parlement

de Paris cassèrent les arrêts des parlemens de Tours et de Châlons, et reçurent cette bulle avec enthousiasme; mais opprimés par les Seize et craignant, non sans raison, les menaces que leur firent ces forcenés de les conduire captifs et en triomphe à la Bastille, il ne leur fut pas possible d'en tirer tout l'avantage qu'ils s'en étaient d'abord promis.

Cette marque de faiblesse de la part du parlement fut une faute grave; car elle donna aux Seize, dont le caractère était des plus turbulens, une nouvelle preuve de leur force : ils sentirent leur fierté s'accroître et leur tyrannie s'en augmenta. Une réponse que Philippe II fit lui-même aux ambassadeurs des princes Lorrains ajouta, s'il se peut davantage, à leur jactance.

Mayenne et plusieurs princes de sa maison,
s'étant assemblés à Reims où se trouva également le cardinal de Pelvé, se croyant dans
l'impuissance de pouvoir résister longtemps à Henri, ne trouvèrent d'autre moyen
que de s'adresser au roi d'Espagne afin d'obtenir de lui qu'il les assistât à placer et à
maintenir sur le trône, le nouveau roi que
se proposaient d'élire les états-généraux convoqués à cet effet. Pierre Jannin, président
au parlement de Bourgogne, homme intègre
et d'un sens exquis, fut chargé de négocier
cette affaire.

La cour d'Espagne, se sentant appuyée
des Seize, fit répondre par le secrétaire
Dom-Jean D'ydiaquez; qu'elle avait résolue
de marier l'Infante Isabelle, fille unique, à
l'archiduc Ernest, frère de l'empereur Ro-

dolphe, et de lui donner pour dot les Pays-Bas ; que, comme pour conserver le catholicisme en France, il fallait à ce royaume un roi chrétien, on ne pouvait faire un meilleur choix ; que cette princesse qui nièce de trois rois et petite fille de Henri II, était sans contredit plus proche du trône que les Bourbons ; et enfin, que puisqu'avec elle on réunissait à la couronne les Pays Bas, étant appuyée pour la soutenir de toutes les forces de la maison d'Autriche : on aurait bientôt exterminé les hérétiques et chassé du royaume Henri de Navarre.

Le président Jannin, sans ôter tout espoir de réussite à l'envoyé espagnol, parla légèrement des lois du royaume qui interdisaient le trône aux femmes et obtint de lui la promesse d'un grand secours d'hommes et d'argent.

Le duc de Mayenne , en apprenant l'ambitieux dessein du roi d'Espagne , qui l'em-
pêcherait , s'il réussissait à le faire adopter ,
de légitimement prétendre à la royauté , mit
tout en œuvre pour déjouer ses projets.
Quant aux Seize , ils écrivirent à Philippe II,
par un père Mathieu , chargé de la porter ,
une lettre qui fut interceptée près de Lyon
et remise à Henri : le sens de cette missive
était à peu près celui-ci :

« Après avoir rendu de très humbles grâces
à sa majesté catholique pour les nombreux
bienfaits qu'ils en avaient reçus , ils la sup-
pliaient de leur donner un roi de sa maison,
ou quelqu'autre prince qu'il lui plairait de
choisir pour son auguste gendre. »

Ces diverses circonstances déterminèrent
Henri IV à tenter l'assaut de la ville. Pour

rendre cette entreprise plus facile, il choisit la nuit du samedi au dimanche, c'est-à-dire celle du 9 septembre 1590. Cette nuit-là même, il introduisit dans les faubourgs Saint-Marceau et Saint-Jacques quatre mille soldats d'infanterie, avec une bonne troupe de cavalier, sous la conduite de Châtillon; mais les Parisiens, ayant été informés à temps de cette tentative, se tinrent sur leurs gardes. Dès le premier bruit, on sonna le tocsin dans la ville et les bourgeois accoururent pour prêter main-forte : puis, employant la ruse et la prudence, les troupes se couchèrent dans les fossés.

Bientôt, pourtant, n'entendant plus aucun bruit et pensant que c'était une fausse alarme, tout le monde se retira à l'exception toutefois de dix jésuites, qui plus vigilans que les autres jugèrent à propos de veiller dans ce poste peu éloigné de leur collège.

Les troupes que Henri avait désignées pour cette opération, ayant entendu le bruit qui s'était fait dans la ville, avaient également jugé à propos de suspendre l'attaque et de s'éloigner un peu des murs ; mais lorsqu'elles virent que tout était rentré dans l'ordre, elles se mirent en mouvement.

L'assaut fut recommencé vers les quatre heures du matin. Les soldats de l'armée royaliste, favorisés par l'obscurité de la nuit qui était des plus sombres et espérant ainsi tromper et surprendre les Parisiens, plantèrent des échelles. Il ne fallait que dix hommes pour décider de la prise de la ville parce qu'une fois entrés, ils eussent ouverts les portes aux troupes qui avaient des intelli-

gences avec le quartinier du faubourg Saint-
Marceau. Alors on se fut rendu maître très
aisément de l'université, et la ville comme
la cité eussent mieux aimé s'accorder avec le
roi que voir Paris devenir la proie de deux
grandes armées, en recevant, pour être se-
courues, celle du duc de Parme par la porte
Saint-Martin.

La vigilance des dix jésuites fit échouer
cette tentative; car, au premier bruit, ils
donnèrent l'alarme et crièrent aux armes.
On voit que si les bons Pères ont fait beaucoup de mal, du moins dans cette circonstance ils furent de quelque utilité.

Les soldats de Henri n'en continuèrent
pas moins à monter et à essayer de pénétrer
dans la place; mais les Pères tinrent bon et
se battirent comme des enragés jusqu'à ce

qu'on fut venu à leur secours. Assaillies de
toutes parts, les troupes royalistes furent
obligées de se retirer.

Ce léger succès ; l'active surveillance des
Parisiens ; leur dévouement aveugle aux volontés de ceux qui les dirigeaient ; leur résignation à tout souffrir pour la foi de leurs
pères plutôt que de se rendre furent choses
superflues. Les affaires de la ligue, loin de
s'améliorer, empirèrent parce que la mésin-
telligence se mit parmi les principaux
chefs.

Le duc de Parme, intéressé à connaître la
vérité, s'était facilement aperçu que le duc
de Mayenne, dont il n'était pas très satisfait,
voulait bien se servir des forces de l'Espagne
pour se maintenir ; mais non pour le rendre
maître du royaume et faciliter l'élection d'un

nouveau roi, de leur choix, à la place du
cardinal de Bourbon qui était mort dans sa
prison de Fontenay-le-comte. Aussi fit-il
entendre à Philippe II, auquel il en référa,
qu'on ne pouvait nullement compter sur ce
prince et qu'il vaudrait beaucoup mieux s'entendre avec les Seize qui, pour reprendre
l'autorité que Mayenne leur avait ôté de
nouveau, feraient aisément ce qu'on leur
demanderait.

Philippe II suivit ce conseil et chargea
son général de le mettre à exécution.

Les Seize, qui haïssaient mortellement le
duc de Mayenne; se sentant appuyés des
Espagnols et de Grégoire XIV, qu'on venait
d'élever au souverain pontificat, et qui annonçait vouloir tenir une conduite opposée à

celle de Sixte-Quint ; jetèrent le masque et entreprirent ouvertement de reprendre toute leur première autorité.

XVI

Thomas Calu.

Henri de Navarre, comme la plupart des monarques bien-aimés de leur peuple, en-tretenait, aux frais de l'état, une foule d'hommes ayant mission de le tenir informé de ce qui se passait. Le duc de Bassompierre

était le chef de cette police, et spéciale-
ment chargé de transmettre directement à
son maître tout ce qu'il apprenait d'important.

Pour être mieux à même de prouver son
utilité et la nécessité de recourir à un pareil
moyen, le duc s'était entouré et attaché
même, par de fortes récompenses, un certain nombre de ces misérables qui, véritable
fléau de la société, n'apparaissent dans son
sein que pour salir de leur haleine infecte
l'air qu'ils respirent ; de ces êtres qu'on de-
vrait marquer du sceau de la réprobation
parce qu'ils sèment partout la discorde, le
désordre et la désolation, et qui, quoiqu'on
en dise, sont la honte de ceux qui les em-
ployent ; de ces hommes enfin mille fois plus
dangereux que les animaux les plus féroces

parce qu'on se méfie de ces derniers, tandis
que les autres au moyen de leur faux semblant, de leurs fourberies et de leur dupli-
cité se font accueillir en tous lieux et sans
méfiance.

C'était par l'entremise de cette race d'hommes, veritable fléau de la société, que Henri
connaissait la pensée la plus secrète des chefs
de son armée et des seigneurs de sa cour :
ce fut l'un de ces misérables qui signala
M. de Rosny comme coupable d'un crime
qu'il n'avait point commis.

On sait le résultat qu'eût cette affaire.

Mécontent d'avoir été trompé dans le rapport qu'on lui avait fait à ce sujet, le duc de
Bassompierre réprimanda sévèrement celui de ses agens qui l'avait mis dans le cas

d'encourir le courroux de son maître et lui
donna l'ordre de découvrir la vérité.

Cet agent, quoiqu'il fut en sous ordre,
méritait peut-être et à cause de son adresse
d'occuper le premier rang. Doué d'une fi-
nesse sans égale et qui ne pouvait être sur-
passée, il devenait pour celui aux pas duquel
il s'était attaché un véritable cauchemar et
ne le quittait pas plus que son ombre : il
était impossible de lui faire perdre des tra-
ces qu'une fois il avait suivie. Thomas Lalu
était son nom.

Homme d'argent avant tout, et par conséquent de tous les partis, Thomas Lalu
n'avait à lui ni opinions politiques ni principes religieux. N'ayant ni foi ni honneur, Thomas Lalu était un homme qui sans être rare

n'était pas ordinaire et dont malheureusement, pour le siècle actuel, nous retrouvons
beaucoup de copies.

Sous   Charles   IX , Thomas Lalu avait
égorgé les huguenots ; sous Henri III, il
avait été payé de ce prince pour espionner
les Guises ; dans le commencement de la ligue, il avait crié vive Mayenne, à bas le
Béarnais et maintenant il était au service de
ce même Béarnais, chargé d'épier la conduite
des seigneurs de sa cour.

Petit de taille et fort adroit , il se glissait
sans être aperçu dans les avant-postes, écou-
tait aux portes et dans les tentes où il s'in-
troduisait, les discours des soldats, et les rapportait fidèlement au duc de Bassompierre
qui , de son côté , les redisait exactement à

Henri : ce dernier, pour éviter d'entrer dans
les minutieux détails de rapports, où se mê-
lait toujours quelque fond de vérité, s'en
rapportait à son ministre et lui laissait le
soin d'éclairer la justice.

Bassompierre, sévère et inflexible, par-
donnait rarement : aussi, dans l'armée,
était-il plus craint qu'aimé.

Un événement singulier lui avait fait ren-
contrer, connaître et attacher à sa personne Thomas Lalu : c'était avant les horreurs qui dévastèrent Paris. Un soir, le duc
passait fort tard dans la cité, lorsque tout à
coup des cris parvinrent jusqu'à lui. Déterminé par un sentiment de curiosité et présumant que sa présence peut être utile à
quelque infortuné, il se dirige vers le lieu

d'où ils partent et aperçoit un homme que
frappaient cinq ou six étudians du Pré-aux-
Clercs. Il s'informe auprès d'eux du motif
de cette violence et apprend que l'individu
qu'ils maltraitent est un espion qui a mé-
rité leur courroux et dont ils veulent se venger. Après cette courte explication qui avait
fait suspendre les coups pendant quelques
instans, les étudians recommençaient à
frapper de plus belle, quand Bassompierre
demanda grâce pour le malheureux Thomas
Lalu ; car c'était lui qu'on rossait d'importance. Le duc intercéda et interposa même
l'autorité de son nom : ce qui empêcha le
mouchard d'être jeté à la rivière. Depuis
cette époque, ayant eu occasion d'apprécier
son utilité, Bassompierre l'avait gardé auprès de lui.

Thomas Lalu, âgé de cinquante ans, était

petit de taille, avait un abord repoussant ;
une figure hideuse ; des yeux méchans et
pleins de malice ; des cheveux rouges et
crépu; une bouche fendue jusqu'aux oreilles
et sur laquelle errait assez fréquemment un
sourire hypocrite qui trahissait toute la fourberie et la bassesse de son âme. Quoique
fat et présomptueux, il n'était pas dénué de
jugement; mais il aimait à être flatté, et pour
cela il était souple et rampant auprès de ses
supérieurs : et arrogant et brusque envers ses
inférieurs.

Des sentinelles ayant déclaré que tous les
soirs, à l'heure de minuit et du côté de l'est,
un bruit quoique sourd. se fesait entendre,
Thomas Lalu s'était résolu à veiller et à épier
cet endroit. Comme il se rendait à son poste,
il avait vu sortir de sa tente M. de Rosny,

seul et sans suite, vêtu d'une simple cotte-
de-mailles, sans ornemens ni insignes.

« Si c'était lui, se dit à lui-même l'espion,
qui enfreint les ordres du roi. J'aurais-là une
belle occasion. »

Et un sourire infernal, digne de Satan
erra sur les lèvres de Thomas Lalu.

Rosny l'avait maltraité et le sbire cares-
sait avec joie l'idée de se venger !!...

Il voulut le suivre ; mais une haie épaisse,
derrière laquelle il passa, le lui fit perdre
de vue : toutefois il se dirigea vers l'est, et
trouva en furetant une échelle et une corde
cachées dans les broussailles, qu'il s'em-
pressa d'emporter comme preuves de la cul-
pabilité de M. de Rosny. Il alla trouver le

duc à qui il raconta sa soi-disant découverte et en reçut des marques non équivoques de reconnaissance.

Après son rapport, Thomas qui aimait à boire entra dans une cantine où Ferdinand, qui était de ronde, le trouva et fut témoin d'une conversation qui le mit de suite au courant de ce qu'était cet individu : il frémit en songeant à quel affreux danger lui et le fidèle Jean avaient échappés.

Plusieurs espions, assis à la même table, l'entouraient et buvaient avec lui : le colloque le plus animé s'y tenait.

— « Messieurs, s'écria en ce moment Thomas Lalu, buvez à ma santé.

— Et pourquoi, repétèrent en cœur les oiseaux de malheur.

— Parce que, mon cher Grégoire, dit-il à l'un des premiers mouchards, parce que j'ai fait une bonne découverte.

— Une bonne découverte!!... dirent-ils tous à la fois...

— Ah! tant mieux, dirent quelques-uns d'entr'eux.

— Quelle est-elle? dirent-ils tous ensemble...

— Elle est superbe, dit le maître avec un aplomb imperturbable.

— Mais encore...

— C'est un secret.

— Comment, Thomas, tu as des secrets et pour nous qui sommes tes amis?..

— C'est qu'il s'agit, en ce moment, d'un grand personnage.

— D'un grand personnage?..

— D'une personne qualifiée et titrée...

— Oui-dà...

— Fais-là nous donc connaître.

— C'est impossible.

— Pourquoi?..

— Parce que cela ne se peut.

— Songes-y bien.

— A quoi!..

— Aux conséquences.

— Quelles sont-elles?..

— Mais, mon Dieu...

— Si, en vous la racontant, l'affaire allait être ébruitée.

— Eh bien!..

— S'il allait prendre la fuite.

— Ce n'est pas là ce que tu as à redouter.

— Eh! quoi donc?..

— La bastonnade...

— Comment?..

— Et oui...

— Mais enfin...

— Je crains, quoique vous en disiez, que monseigneur le duc de Bassompierre, apprenant mon indiscrétion, ne...

— Oh! tu n'as pas à craindre de rester dans l'oisiveté. Un homme de ton mérite trouve toujours à se placer.

— Certainement... mais...

— Mayenne et les ligueurs t'attacheront à eux par de fortes récompenses, et tu espion-neras à leur tour ceux-là même qui te payent aujourd'hui.

— Messieurs...

— Qu'est-ce?..

— Ce que vous dites là...

— Sont des vérités. T'offusqueraient-elles? Et depuis quand serais-tu devenu si suscep-tible?..

— Trève de plaisanteries : je vous préviens que je ne les aime pas...

— Tu les provoques par ton apparente discrétion, d'ailleurs entre gens comme nous il ne doit pas y avoir de secrets.

— Non, sans doute, s'écrièrent-ils tous à la fois.

— Bah! dit un malin, savez-vous pourquoi il fait le discret en ce moment; c'est que le duc de Bassompierre lui aura promis beaucoup plus d'argent pour cette affaire.

— Finirez-vous enfin...

— Voyons, calme-toi et dis-nous ce dont il s'agit.

— Ne roule pas ainsi tes yeux.

— Ne nous menace pas. Nous sommes en

nombre et la partie ne se trouverait pas égale.

— Rends-toi donc...

— Satisfais notre curiosité...

— Sois certain de notre discrétion.

— Eh bien! Je consens à parler... mais, je vous en prie...

— Tu peux être tranquille...

— D'ailleurs tu nous connais...

— Pourtant, parles bas pour que cet officier ne puisse t'entendre.

— Sachez donc qu'un seigneur...

— Est-il catholique?

— Non, huguenot.

— Ne l'interrompez pas.

— Laissons-le dire.

— Chut.

— Mais faites donc silence; autrement nous n'en finirons pas.

— Sachez donc, mes amis, qu'ayant entendu dire à des soldats que tous les soirs, à l'heure de minuit et du côté de l'Est, il se fesait un bruit sourd dont ils ne pouvaient se rendre compte, je me rendis de ce côté à l'effet de découvrir ce que cela pouvait être.

— C'est singulier.

— La nuit dernière, comme je me rendais au lieu désigné dans l'intention de le surveiller, en passant auprès d'une tente

j'en ai vu sortir furtivement ce seigneur, et
puis après, non loin de l'endroit indiqué,
j'ai trouvé une échelle et une corde.

— Une échelle !!..

— Une corde !!

— L'infraction est prouvée...

— Sans aucun doute.

— Mais, dis-nous donc le nom de ce seigneur.

— C'est M. de Rosny.

— Comment?...

— M. de Rosny, vous dis-je.

— Et quoi, l'ami du roi?

— C'est surprenant...

— Je n'en puis revenir.

— Ma foi! tant mieux.

— Est-ce qu'il t'a fait du mal.

— Non.

— Grégoire, tu ne dis plus rien ?

— C'est que je réfléchis.

— A quoi donc ?..

— A la peine qu'on lui infligera.

— Henri de Navarre aura quelque peine
à le croire coupable.

— C'est bien naturel.

— Hem !

— C'est un si brave seigneur.

— Que dis-tu ?

— Qu'il est bon et courageux.

— La mort lui revient pour avoir enfreint les ordres du camp.

— Tant pis, car alors l'armée comptera un brave de moins.

— Ce sera une perte pour le prétendant à la couronne de France.

— Par la corbleu! messieurs, on dirait presque qu'il vous a payés pour faire son éloge.

Une querelle allait probablement avoir lieu, quand Ferdinand, qui avait attentivement prêté l'oreille et tout entendu, s'approcha du cercle des mouchards et apostropha Thomas Lalu en ces termes :

— Tu es un fourbe et un imposteur, d'oser ainsi calomnier le meilleur des hommes et l'un des plus fidèles sujets du roi de France. Si je ne craignais de me salir, en te châtiant moi-même, comme tu le mérites, je te ferais mourir sous les coups de ma canne.

— Qu'est-ce qui vous prend donc, mon officier, dit l'espion se courbant jusqu'à terre comme devraient le faire tous ses pareils.

— Être vil ! être misérable ! oses-tu bien me le demander !!...

— Sois tranquille, murmura très-bas et entre ses dents le sbire de la police pendant que Ferdinand sortait de la cantine, je garderai bon souvenir de ta personne et de tes insultes. »

FIN DU TOME PREMIER.

TABLE DES MATIÈRES

CONTENUES

DANS CE VOLUME.

Chapitre Premier.

Chapitre XV.

Chapitre XVI.

www.ingramcontent.com/pod-product-compliance
Lightning Source LLC
Chambersburg PA
CBHW052002020726
47501CB00004B/963